红色基因代代传

"百宫千馆万校"
少年儿童讲述党史故事

中国儿童中心 ◎ 编著

中国出版集团有限公司
研究出版社

图书在版编目(CIP)数据

红色基因代代传："百宫千馆万校"少年儿童讲述党史故事/中国儿童中心编著. -- 北京：研究出版社，2024.1

ISBN 978-7-5199-1538-4

Ⅰ.①红… Ⅱ.①中… Ⅲ.①革命故事－作品集－中国－当代 Ⅳ.①I247.81

中国国家版本馆CIP数据核字(2023)第149879号

出 品 人：赵卜慧
出版统筹：丁　波
责任编辑：张　琨
助理编辑：于孟溪

红色基因代代传——"百宫千馆万校"少年儿童讲述党史故事

HONGSE JIYIN DAIDAICHUAN——"BAIGONG QIANGUAN WANXIAO"
SHAONIAN ERTONG JIANGSHU DANGSHI GUSHI

中国儿童中心　编著

研究出版社 出版发行

（100006　北京市东城区灯市口大街100号华腾商务楼）
北京中科印刷有限公司印刷
2024年1月第1版　　2024年1月第1次印刷
开本：710毫米×1000毫米　1/16　印张：20.5
字数：280千字
ISBN 978-7-5199-1538-4　定价：89.00元
电话（010）64217619　64217652（发行部）

版权所有·侵权必究

凡购买本社图书，如有印制质量问题，我社负责调换。

《红色基因代代传："百宫千馆万校"少年儿童讲述党史故事》编委会

主　编：丛中笑

副主编：苑立新

委　员：潘振凯　王建平　朱晓宇　高　云
　　　　周蕾蕾　和美君　杜　颖　姜天赐
　　　　王　芳　褚红芳　吴双彦　王　瑶

目 录
CONTENTS

- ★ "红船"领航，"红旗"高扬　　001
- ★ 祖孙三代保红旗　　004
- ★ 红色基因永相传　　007
- ★ 酒海英魂　　009
- ★ 抗大八、九分校在龙岗的红色记忆　　012
- ★ 红井　　015
- ★ 杀得了詹谷堂，灭不了共产党　　019
- ★ 一门四忠烈　母子俱英雄　　022
- ★ 叶挺将军坚定不移的入党情怀　　025
- ★ 安徽涡阳一封信　　029
- ★ 红二十五军鏖战独树镇　　032
- ★ 开国女将军李贞的故事　　035
- ★ 一口面条、一片深情　　038
- ★ 送郎当红军　　041
- ★ 红色特工王李克农　　044
- ★ 民族英雄伟大父亲——杨靖宇　　047

- ★ 曾志魂归井冈 ………………………………………… 049
- ★ 传播抗战文化　传承抗战精神 ……………………… 052
- ★ "百馆百讲"少年儿童讲述党史故事 ………………… 055
- ★ 长征第一仗牺牲的第一位红军师长 …………………… 059
- ★ 一个既普通又特殊的公文包 …………………………… 063
- ★ 淳厚大将张云逸　创办烟厂传佳话 …………………… 066
- ★ 扶贫模范尤良英 ………………………………………… 069
- ★ 鲜花盛开的坟茔 ………………………………………… 071
- ★ 印有刘少奇签名的江淮银行币的故事 ………………… 073
- ★ "时代楷模"张富清 …………………………………… 075
- ★ 新四军第四师纪念馆 …………………………………… 077
- ★ 朱乙妹——舍生取义救红军 …………………………… 080
- ★ 博物馆里的半截皮带 …………………………………… 083
- ★ 《拂晓报》的故事 ……………………………………… 086
- ★ 断肠明志铸忠魂 ………………………………………… 088
- ★ 塔河五姑娘 ……………………………………………… 091
- ★ 毛主席临危不惧 ………………………………………… 094

- ★ 一件羊皮袄 097
- ★ 湘江血战之脚山铺阻击战 100
- ★ 飞夺泸定桥 104
- ★ 小青马 107
- ★ 中国共产党领导下最早的少年儿童组织——安源儿童团 110
- ★ 痛苦的抉择 113
- ★ 一颗没有射出去的子弹 116
- ★ 恒里岩惨案 119
- ★ 红色基因代代传 122
- ★ 半碗炒鸡蛋 124
- ★ 胜利曙光 127
- ★ 韦岗初战凯歌还 129
- ★ 血染的凤凰嘴渡口 132
- ★ 探寻伟大的苏区精神 136
- ★ 扎根大地的红梢林 139
- ★ 查路条 142
- ★ "红军楼"的故事 145

- ★ 无锡工人革命运动先驱者——秦起 ... 148
- ★ 弥足珍贵的药片 ... 151
- ★ 一张借据 ... 154
- ★ 民族英雄杨靖宇 ... 157
- ★ 一只藤篮呵护革命后代 ... 160
- ★ 一顿剁荞面的故事 ... 162
- ★ 狼牙山五壮士的故事 ... 165
- ★ 一位"劝傅归降"的和平老人 ... 168
- ★ 张明科与一把珍贵的手枪 ... 171
- ★ 以酒疗伤 ... 174
- ★ 芹山战斗 ... 176
- ★ 中国红军第七军诞生 ... 179
- ★ 马背上的小红军 ... 182
- ★ 父亲的遗憾 ... 184
- ★ 毛主席与老船工 ... 187
- ★ 大柏地战斗 ... 189
- ★ 半条被子的故事 ... 192

- ★ 任弼时让儿子和女儿退布的故事　195
- ★ 红军护茅台　198
- ★ 传承红色基因，争做新时代好少年　200
- ★ 铜鼓岭阻击战　203
- ★ 胜利落脚吴起镇　206
- ★ 吴月娥舍身跳崖　209
- ★ 藏在衣柜里的父子情　212
- ★ 拔哥的故事　215
- ★ 平津战役纪念馆志愿者　218
- ★ 山丹丹开花红艳艳　220
- ★ 聂耳与国歌　223
- ★ 丹心照千秋　226
- ★ 为人民服务的典范——张思德　229
- ★ 讲解片名：红色的记忆　232
- ★ 毛泽东背粮　235
- ★ 血染湘江的陈树湘　238
- ★ 崂山遇险　241

- ★ 学先辈事迹传红色精神　244
- ★ 餐桌旁的领袖　248
- ★ 祖孙三代信守诺言，悉心照看红军墓近90载　250
- ★ 处处为群众利益着想　253
- ★ 郭一清：带头革命从自家起　256
- ★ 一条棉絮的故事　259
- ★ 小兵张嘎　262
- ★ 一口红军锅　264
- ★ "广州起义烈士陵园"红色研学实践宣讲活动稿　266
- ★ 现场教学：从芦花会议始末看党内团结　270
- ★ 我的唯一希望是多做贡献　278
- ★ 朱德扁担的故事　282
- ★ 井冈山第一位女红军贺子珍　285
- ★ 不忘国耻　奋起救国　288
- ★ 一盏马灯　290
- ★ 信念树　293
- ★ 谢大娘家的"天窗"　296

- ★ 75双草鞋 ... 298
- ★ 危房下的硝盐 ... 301
- ★ 八子参军 ... 304
- ★ 两双布鞋 ... 308
- ★ 《共产党宣言》精神的忠实传人——陈望道 ... 312

"红船"领航,"红旗"高扬

嘉兴九八防空胜利纪念馆小小讲解员　蒋欣恒

我也是个小军迷,从98K、加特林,到歼-5战斗机、歼-6战斗机、T-34坦克等,我对它们背后的故事都了如指掌!因为我的爷爷就是一名退伍防空兵!他创建了一家民间军事博物馆。我总是好奇地看着一堆堆不起眼的废弃武器残片,在爷爷的精心制作下,变身成为一件件帅气的大家伙,重现它们当年的英姿。

在所有的武器中,最让我难忘的是一枚叫作"红旗二号"的地空导弹。2019年9月8日,正是嘉兴九八防空胜利纪念馆开馆的日子,那天来了许多满头白发的老兵爷爷,他们可都是当年在嘉兴立下赫赫战功的英雄呢!

上午 9 点 30 分，就在活动开始前，一位英雄爷爷忽然振臂高呼起来："大家注意啦！U-2 侦察机已经起飞，大家做好战斗准备！" 52 年前的战斗场景依然历历在目，他内心的激动感染了在场的所有人。凝望着英雄爷爷们挺拔的背影，以及那矗立在苍穹之下的"红旗二号"导弹，我的心中顿时有一股由衷的安全感，有他们在默默守卫着疆土，祖国的蓝天才能如此宁静祥和。

故事要从新中国刚诞生的时候开始说起，那时美帝国主义的飞机大摇大摆地在我们头顶上侵袭骚扰，并且用上了当时最先进的 U-2 高空侦察机，监视着我国的一举一动，包括试图摧毁我国在大西北的核试验基地。

虽然我国当时的科技水平非常落后，但依旧阻挡不了自强不息的中华民族，在毛主席"全力以赴，务歼入侵之敌"的号召下，全国人民都动员了起来！

钱学森爷爷带着《导弹概论》回到了中国，一支废寝忘食、攻坚克难的"两弹一星"科学家团队，就此诞生。

与此同时，刚成立不久的地空导弹部队，拖着为数不多的外国防空武器，开始了十余年风餐露宿的导弹游击战。

直到 1967 年，"红旗二号"导弹才刚刚研制成功，在嘉兴这片红色的热

土上，地空导弹十四营就用它将 U-2 飞机一举击落，从此敌人再也不敢侵犯我国的领空了。九八防空战的胜利打出了国威，创造了奇迹！

　　今天，我作为红船旁的少先队员，把九八防空战的故事讲给大家听，只有不忘先辈的初心，才能使我辈少年饱含奋进之志，昂首走在时代的前列！

祖孙三代保红旗

灌阳县直属机关第二小学五年级学生　蒋瑞轩

我们灌阳是一块充满着光荣革命历史的红土地。红军三过灌阳，不仅留下了大量的遗迹和文物，还留下许多军民鱼水情深的故事。在枫树脚屯，有一个"祖孙三代保红旗"的传奇故事，感人至深！

那是在1934年冬天的一个傍晚，一位大腿受了伤的红军战士敲开了农民黄和林的家门，好心的黄和林夫妇看着大腿还流着血的红军战士，冒着被杀头的危险，将他收留了下来。还将家里仅剩的两个鸡蛋煮给他吃，并从山上

采回来草药，为他包扎伤口。

有一次敌人来搜查时他们甚至还将红军战士藏在自己女儿的房间里，当地有一种风俗习惯，就是还没有嫁人的女孩子的闺房，外人是不能进去的。于是他们跟敌人求情说，你们不要去我女儿的房间，她害怕生人，最后敌人没有搜查到红军，化险为夷。过了几天，伤好后的红军战士提出要去找部队。临走之前，他将一面红旗交给黄和林保管，并约定等革命胜利了再回来取。从此以后，黄和林夫妇将这面红旗视若珍宝。他们将红旗用锅灰染黑后包裹了很多层藏在一个小木箱内，放在秘密的地方：有时候放在稻草堆里；有时候放在自己家猪圈的角落；有时候甚至放在棺材里。他们跟敌人斗智斗勇，一次又一次地躲过了敌人的搜查。

1941年，黄和林在临终前将装有红旗的小木箱交给了他的儿子黄荣清和他的孙子黄光文，并反复叮嘱他们一定要妥善地保管。1944年，日本鬼子入侵时，他们家在躲避日本鬼子的过程中，始终将这个装有红旗的小木箱带在身边。黄和林一家祖孙三代小心谨慎地保护着这面旗帜，等待着红

军战士回来。这一等就是45年。直到1979年，79岁的黄荣清身患重病卧床不起，他知道自己将不久于人世，于是，叫自己的家人将这面红旗送到灌阳县人民武装部，希望他们能代为寻找那位红军战士，可是很遗憾，迄今为止还没有找到那名红军战士。现在这面珍贵的红旗就保存在我们广西壮族自治区博物馆内。

同学们，在那个白色恐怖的年代里，黄家祖孙三代为什么肯冒着生命危险去保护一面红旗呢？一方面说明我们灌阳人民淳朴、善良、信守承诺，另一方面更重要的是他们心中有一个坚定的信念——革命必将胜利！

作为新时代的学生，我们是幸福的，也是幸运的，我们在和平的环境里过着无忧无虑的生活。然而，我们同时也肩负着一份沉甸甸的责任！要看一个国家的明天如何，最该看的就是这个国家的年轻人，所谓"少年智，则国智；少年强，则国强"。因此，我们也要坚定自己的理想信念，珍惜这大好时光，铭记历史、奋发图强、立志成才，为中华之崛起而读书，为中华民族伟大复兴贡献自己的力量！

红色基因永相传

金寨县金寨二中小学部四年级学生　詹柯怡

　　我们金寨县是中国革命的重要策源地、人民军队的重要发源地。在革命战争年代，十万金寨儿女参军参战，大多都血洒疆场，英勇牺牲，这里诞生了12支红军队伍，走出了59位共和国将军，我的祖爷爷詹大南就是开国少将之一。

　　我的祖爷爷有很多传奇故事，一直被人们津津乐道。他于1915年4月出生在我的家乡槐树湾乡杨桥村，1931年2月参加中国工农红军。他加入红军的第三年，便成为徐海东大将的保卫干事。1934年4月，他陪同徐海东大将回老家，但不知怎么泄露了消息，第二天一大早敌人便包围了村子，双方爆发了激战。战斗中，一颗手榴弹落到了徐海东大将的脚下，我祖爷爷在看到手榴弹的瞬间，飞身将徐海东扑倒。爆炸声过后，徐海东只是腿部被弹片击中，但血流不止。情急之下，我祖爷爷将徐海东背起，和其他战士一起突围，将他送到了医院抢救，保住了徐海东的性命。在抗日战争和解放战争中，他也是屡立战功。

我祖爷爷心系家乡、热爱家乡。1983年，他离休后回到家乡，发现家乡的小学破破烂烂，学生们还要在危房里读书，当即决定要为家乡修建一所小学。回到南京后，他将自己积攒多年的4.2万元拿了出来，并发动儿女们将积蓄都拿了出来，在老家建起了希望小学。此外，他还在金寨一中设立了奖学金，在自己战斗过的地方资助50多名失学儿童，尽力为希望工程添砖加瓦、贡献力量。

我祖爷爷勤俭节约、艰苦朴素，家风严格。祖爷爷生前穿的好多衣服都有补丁，他的专车连我的祖奶奶都不能坐，他连洗脸水都不浪费，要接着用来冲马桶，平时家里来人招待时的餐巾纸，他都要求严格按一人一张发放，杜绝各种浪费。

作为老红军的后代、新时代的少先队员，我要继承和发扬我祖爷爷他们老一辈无产阶级革命家的光荣传统，努力学习，爱党爱国，不怕困难，勇于牺牲，把红色基因一代一代传下去，用自己的实际行动，告慰革命先烈，报效伟大祖国。

酒 海 英 魂

灌阳县民族小学四年级学生　严子涵

当您走进红色灌阳，就会看见一座纪念园，它就是湘江战役新圩阻击战酒海井红军纪念园。在纪念园里，有一口井，连通着深不可测的地下河，类似于一种口小肚子大的盛酒容器，叫酒海井。在这里发生了一个悲壮的红军故事。

1934年的湘江战役是中央红军突围以来最壮烈、也最惨烈的一战，是关系中央红军生死存亡的一战。

当时有一个受伤的小红军，就是红五师十四团的战士刘来保，他带伤参加白刃战。在肉搏中，他用尽最后的力量后，昏倒在地上。再次清醒时，公路上传来阵阵吆喝声。刘来保擦了擦眼睛，看到一队民团团丁在敌军士兵的指挥下，用竹杠抬着用棕绳捆住手脚的人，像抬猪似的从公路上迎面而来。

刘来保听到被抬的人似乎还有叫骂声传来，他迅速明白过来，这是来不及撤走的红军重伤员。在阻击敌人的激烈战斗中，红军的伤员就是往山那边下立湾救护站送的。

不久，抬人的队伍下了公路，朝酒海井方向走去。后面，两个重伤员被抬到井边，敌军军官手指着井口，命令民团将伤员丢进井里，但4个民团团丁只将伤员放下地来，取出竹杠，并没动手。军官走上前去，重重扇了他们几个耳光，团丁依然不动。军官无奈，朝后面喊了几声，几个士兵从队伍中间跑上来，抬起红军的伤员就往井里扔。

"轰隆！"沉闷的落水声从井口传出来。这些英勇的红军将士，在被扔下的时候，还在高喊："红军万岁！红军万岁！"刘来保数着，敌人扔一个，

他数一个，1个、2个、3个……9个、10个……当他数到103个的时候，伤口剧烈疼痛起来，头昏目眩，又昏过去了。100多名红军将士就这样被活活地扔进这口井里，壮烈牺牲。

为了铭记这段历史，祭奠英雄，缅怀先烈。2017年，灌阳县启动了酒海井烈士的遗骸打捞勘探等工作，通过遗骸专家鉴定，这些红军战士大多数还是十三四岁的青少年……

此时，我的耳边响起了一个声音："为什么战旗美如画，英雄的鲜血染红了她。为什么大地春常在，英雄的生命开鲜花。"歌声回荡在上空，也缭绕在我们每个人的心中。

抗大八、九分校在龙岗的红色记忆

安徽省天长市抗大八分校纪念馆小小讲解员　闵朗

1935年10月，中央红军经历二万五千里长征到达陕北后，为迎接全面抗日民族解放战争的到来，中共中央及时做出了"大规模地培养干部"的战略决策。1936年5月，中央政治局扩大会议在陕西省延长县召开。会上，毛泽东同志提出了创办抗日红军大学的问题。同年6月1日，中共中央在陕西省子长县瓦窑堡创建了"中国人民抗日红军大学"，简称"红大"。

根据抗战形势的需要，1937年1月19日，中央军委决定将抗日红军大学正式改名为"中国人民抗日军事政治大学"，简称"抗大"。抗大办学近10年，在全国共创办了14所抗大分校，培养了近20万军政干部人才，为抗日

战争的全面胜利和新中国的成立作出了卓越的贡献。

抗大八、九分校驻训龙岗一是环境相对安定；二是群众基础好；三是古镇寺庙众多，有11座寺庙。这些都为抗大八、九分校的办学提供了便利。

在龙岗，至今仍流传着许多关于抗大的感人故事。《抗大母亲》中赵大娘的丈夫、儿子被日本鬼子的飞机炸死，她忍着悲痛，精心照料着分在她家的抗大第八分校排长何再生等学员，把他们当成亲人。受伤的何再生因为抢救落水的儿童伤病危重，急需西药治疗。这时赵大娘的母亲也病重了，她卖掉母亲传下来的心爱首饰，顶风冒雪、历经艰难从扬州城换来了贵重药品，救治了何再生。而赵大娘的母亲却因无钱、延误治病时间失去生命。在抗大学员参加反"扫荡"时，她毅然上战场送食物，最后不幸被敌人杀害。

同住龙岗的张奶奶家当时也住着抗大八分校王延庆等学员，王延庆在参加反"扫荡"时身受重伤，张奶奶把他当亲人一样悉心照料。因当时医疗条件差，王延庆伤口感染，高烧不退，怕死在张奶奶家不吉利，主动请战友们偷偷地将自己转移到破旧的五神庙。张奶奶回来后找不到王延庆，学员们也不跟张奶奶说王延庆的下落。张奶奶找遍了龙岗的大街小巷，最后终于在五神庙里找到了奄奄一息的王延庆，并将他带回家悉心照料。这些荡气回肠的

故事，展现了战火纷飞年代血乳交融的军民鱼水情。

抗大精神作为一面精神旗帜，依然高高飘扬在皖东大地上；抗大精神作为一座精神城堡，永远伫立在共产党人心中；抗大精神无论过去、现在还是将来，都是中华民族宝贵的文化基因和精神血脉。将永远激励着中华民族砥砺前行，永远鼓舞着我们中国共产党人做出无愧于时代、无愧于人民的辉煌业绩。抗大精神永放光芒！

红　井

瑞金市五星级红色小导游　曾翊瑾

　　我是一名"红四代",太姥爷是一名二万五千里长征的老红军。20世纪30年代,中华苏维埃共和国在瑞金成立,瑞金成为全国苏区的政治、军事、经济和文化中心。在如火如荼的苏区岁月,毛泽东、朱德、周恩来等老一辈无产阶级革命家,在这里开展了治国安邦的伟大实践,留下了110处完好的革命旧居、旧址和纪念建筑物,孕育形成了光耀千秋的苏区精神。今天,我将带领大家游览举世闻名的红井。

　　"红井水哟,甜又清哎……"

小朋友们，你们听过这首歌吗？这首歌呀，唱的是毛主席当年在沙洲坝带头挖井的故事。

那是在 1933 年 4 月，毛主席来到了沙洲坝，傍晚的时候，毛主席看到乡亲们在池塘里挑水，便问："这么脏的水，能喝吗？"乡亲们苦笑着说："没办法啦，再脏也得喝呀！"

"那就打井呗！"

"不行啊，打井坏了龙脉，十里八乡都要遭殃的。沙洲坝人吃不得井水，这是命中注定的啰！"

毛主席听了哈哈大笑说："我就不信天命，只知道革命。只要革了旱龙王的命，大家就能喝到干净的水了。"

红井

　　沙洲坝流传着这样的民谣："沙洲坝，沙洲坝，三天无雨地开杈。"因为缺水，乡亲们喝水本来就很困难，一下子来了这么多的红军，军民喝水就成了一个大问题。毛主席考虑，还是打一口井好。

　　一天早晨，赶早起来挑水的人们，看到池塘和稻田相连的草地上，有两个人拿着锄头和铲子在挖什么，就走过去，一看，原来是毛主席和警卫员小吴，就惊讶地问："毛主席呀，你们在干什么呀？"

　　毛主席在草丛中画了个圆圈，说道："找水源，挖水井。"挖了两三尺深时，毛主席捏了捏挖出的土说："嗯，就把井位定在这里，叫同志们快来挖井吧！"

　　听说毛主席带头挖水井，乡亲们一传十，十传百，很多人都来了。

　　毛主席乐呵呵地对大家说："我知道你们迷信风水，不敢打井，怕得罪旱

龙王。可我毛泽东不怕，红军就更不怕了！要是旱龙王怪罪下来，让它来找我毛泽东好了！哈哈哈哈！"一席话逗得乡亲们都笑开了。

在毛主席的带动下，没几天工夫，井就挖好了。为了使井水更清澈，毛主席亲自下到井底铺沙石、垫木炭，井里的水越来越清澈了。

有了这口井，沙洲坝的乡亲们再也不用喝那池塘里又脏又臭的水了。这井水喝到嘴里，甜到心上。一位老大娘，捧着清甜的井水，喃喃地说："毛主席真是我们的大恩人哪！"

"吃水不忘挖井人，时刻想念毛主席。"

以后，每当乡亲们喝到清甜的井水，就会想到毛主席，就会想到红军。沙洲坝的乡亲们为了表达对毛主席和红军的思念，就把这口井叫"红井"。

红井饮水，感恩奋进。如今，红井圣地已成为一个闻名遐迩的红色经典景区，成为苏区精神的一座不朽丰碑，甘甜的红井水，滋养了一代又一代的中华儿女。

杀得了詹谷堂，灭不了共产党

金寨县金寨第二中学小学部　余坤城

詹谷堂是我奶奶的爷爷，他生于1883年，家住金寨县南溪镇葛藤山的一个村庄。他是清末秀才，以教书为生，在当地有很高的威望。

1924年冬，詹谷堂在汤家汇笔架山农校建立了金寨地区第一个党组织，从此，革命的星火便在金寨开始燃烧。

1929年5月，詹谷堂参与组织领导了著名的立夏节起义，并取得了全面胜利。金寨地区革命形势的迅速发展，引起了国民党反动派的极大恐慌。

1929年7月，敌人调3600余人，分三路向商南地区红军进攻。因敌我力量过于悬殊，红军主力决定转移。詹谷堂因根据地工作需要，经组织决定，

与部分同志留下坚持斗争。

红军转移后不久，詹谷堂不幸被捕落入敌手，敌人对他百般折磨，但他宁死不屈。敌人见硬的不行，又企图用劝诱的卑鄙手段劝他投降，民团头目顾敬之奸笑着走到詹谷堂面前，用拉家常的口吻说："你今年才46岁，家中还有老母、妻子、儿女，你这样死了……"

"我死了没有关系！革命的种子已经撒出去了，不久就会遍地开花结果。革命的星火已经点燃，很快就会燎原！你们的末日就要到了！"

不等顾敬之的话讲完，詹谷堂的话语就像排炮似的轰了过去。

顾敬之惊怒交加，但还是捺住性子往下问："你说共产党员有多少？在哪里？"

"多得很！天上有多少星星，地下就有多少共产党员！"

"你说说名字。"

"名字？有一个！"

"谁？"

"詹谷堂！"

詹谷堂嘲弄般的回答，气得顾敬之像一条疯狗狂蹦起来，他恶狠狠地威

胁:"你再不讲,我就要你的命!"

"你杀得了我詹谷堂,灭不了共产党!"

"上刑!上刑!"顾敬之气急败坏地吼道。

烈火烤,烙铁烙……詹谷堂咬紧牙关,昏死过去。就这样经过了10多天,詹谷堂被折磨得遍体鳞伤、气息奄奄。

詹谷堂又一次被敌人拖出去毒打,带回牢房后,他挣扎着用手指蘸着自己伤口流出的鲜血,在墙壁上写下"共产党万岁"五个大字。随后便倒在地上,永远地闭上了眼睛。

顾敬之得知詹谷堂已经死去,仍不解心头之恨,令人将詹谷堂的尸体拖到南溪的河湾边,对着头又开了两枪,曝尸河边。

漆黑的夜晚,群众冒着生命危险,含着眼泪将詹谷堂的遗体偷偷地送到20里外的葛藤山,安葬在名叫獐子岩的山上……

2005年,詹谷堂烈士的遗骸迁入金寨县革命烈士陵园。

历史的车轮滚滚向前。詹谷堂等先烈们英勇不屈、无私奉献的大无畏革命精神,时刻鞭策着我们老区儿女,不畏艰难、锐意进取、自强不息,为中华民族伟大复兴而奋力拼搏!

一门四忠烈　母子俱英雄

赣粤边三年游击战争纪念馆小小讲解员　张佳萍

在百石村，卢二姣"一门四忠烈"的事迹被广为流传。

卢二姣的丈夫早年去世，膝下三个儿子：廖发生、廖根生、廖九郎三兄弟，卢二姣辛辛苦苦把他们拉扯大。卢二姣为人正直，性格刚毅，对地主恶霸欺压百姓和旧社会的不平之事深恶痛绝，常常以革命的思想教育三个儿子。在卢二姣的教诲和影响下，大儿子廖发生1930年就加入了当地游击队，在安远县的上坪、信丰县的新田一带的大山里活动。1933年，廖发生在一次执行任务中，在罗峰头被敌人偷袭围攻，在战斗中受伤，最终遭到国民党的残忍杀害。

1934年10月21日,红军长征经过新田,广东军阀陈济棠在百石村一带陈兵阻挡,英勇的红军战士岂能让白匪得逞,百石战斗就此打响。一时间,百石村四周枪炮声、喊杀声密集响起,手榴弹爆炸声此起彼伏,百石村的围崇岭是敌我双方争夺的制高点,那里的战斗进行得尤其激烈,只见山上火光冲天,硝烟四起。

此时正在田间劳作的卢二姣,听到枪炮声,冒着生命危险,小心地绕道山脚下,远远看到穿着军装的战士,头顶上的八角红星闪闪发光,她一看,就知道是红军来了,当下来不及细想,迅速回家找到二儿子廖根生和三儿子廖九郎,把兄弟俩叫到跟前,吩咐二人说:"红军来了,正在和反动派打仗,为你长兄报仇的时候到了,现在红军肯定需要人帮忙,你们俩赶紧去。"廖根生、廖九郎兄弟二人早就憋了一身的力气,二话不说,拔腿就赶往前线,冒着枪林弹雨,帮助红军运送弹药到前线,返回时,又帮着卫生队抬送伤员下火线。

这场战斗进行得异常激烈,持续了七八个小时。

红军战士英勇顽强、不怕牺牲,在战斗中还不时用生命保护群众,这一切,廖根生、廖九郎都看在眼里,心中更加对红军钦佩,在母亲卢二姣的坚

定目光中，兄弟二人毅然参加了红军队伍。

看着两个儿子远去的身影，卢二姣眼里涌出了泪水，没承想，这匆匆一别，竟是母子的最后一面，她的两个儿子从此杳无音信。

卢二姣自此在老家，与大儿媳饶五秀及孙子相依为命。在红军走后不久，以曾祥兵为首的当地土豪恶霸，带人到卢二姣家中，对她辱骂殴打，说她是"赤匪红军婆"，将她押往金鸡、新田、大桥、古陂等地游街示众，折磨数日后，遭到了反动派惨无人道的杀害。

卢二姣"一门四忠烈"的故事，代代相传，那些为革命事业捐躯的英雄们，虽长眠于地下，但他们的英雄事迹激励着一代又一代。我们说，长征是宣言书、长征是宣传队、长征是播种机，长征，从一开始就注定是一场伟大的胜利。

叶挺将军坚定不移的入党情怀

新四军纪念馆小小讲解员　施予晨

叶挺将军是国共两党公认的国民革命军陆军新编第四军军长。1926年他创建了"叶挺独立团"并挥师北伐，赢得了"北伐名将"的殊荣；1927年参加领导"八一"南昌起义，向国民党反动派打响了第一枪，被毛泽东称为"我们共产党第一任总司令"。后来，广州起义失败后，由于党内"左"倾错误的武断把持，错误地做出了对起义领导者的处分决定，叶挺蒙受留党察看的不白之冤。事后叶挺不甘蒙屈，多次找党组织理论申辩，毫无结果，其时又受到国民党的通缉，无处立足的叶挺被迫流亡法国、德国等地，这一去就是近10年。

1937年卢沟桥事变，揭开了国共合作全面抗战的序幕。9月28日，蒋介石的国民党政府单方面任命叶挺为国民革命军陆军新编第四军军长，并授予

国民革命军中将军衔。其时叶挺正在上海，听到这个消息，一时思想准备不足，便赴南京与叶剑英商量，表示愿意到延安与中共中央负责人当面商谈。1937年11月上旬，叶挺风尘仆仆地来到"革命圣地"延安。在延安，叶挺受到了热烈欢迎和盛情接待，此时，他情不自禁地升腾起重新加入中国共产党的愿望。但想到自己的特殊身份和当时国共合作的抗日大局，考虑再三，最后决定暂不入党，暂留党外，但愿意在党的领导下开展工作。

1941年皖南事变中，叶挺被捕，关押了5年零50天，直到1946年3月4日，经中共的营救获释。当天晚上，叶挺辗转反侧，难以入睡，干脆披衣下床，跑到隔壁廖承志房间，提出了要在重庆恢复党籍的愿望。廖承志十分钦佩叶挺的选择，对他说：党的大门始终是向你敞开着的，何况你的入党问题，中共中央早有考虑。你大胆地递交入党申请吧，中共中央会批准的！听到这些，回到房间的叶挺兴奋有加，立即找来纸笔，把凝结在心中多年对党的情感全部倾注在笔端。

毛泽东同志转中国共产党中央委员会：

  我已于昨晚出狱。我决心实行我多年的愿望，加入伟大的中国共产党，在你们的领导之下，为中国人民的解放贡献我的一切。我请求中央审查我的历史是否合格，并请答复。

叶挺
1946年3月5日于重庆

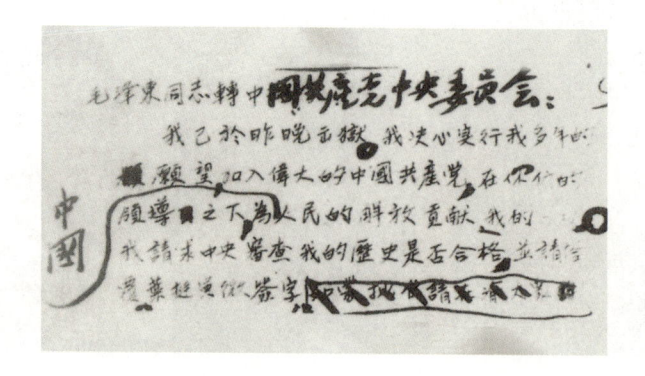

中共中央接到叶挺的入党申请后，第二天就进行了研究，并立即决定接受他为中国共产党党员。3月7日，经毛泽东亲自修改定论后，由中共中央复电叶挺。

亲爱的叶挺同志：

　　五日电悉。欣闻出狱，万众欢腾。你为中华民族解放事业与人民解放事业进行了20余年的奋斗，经历了种种严峻的考验，全中国都已熟知你对民族与人民的无限忠诚。兹决定接受你加入中国共产党为党员，并向你致热烈的慰问与欢迎之忱。

中共中央
1946年3月7日

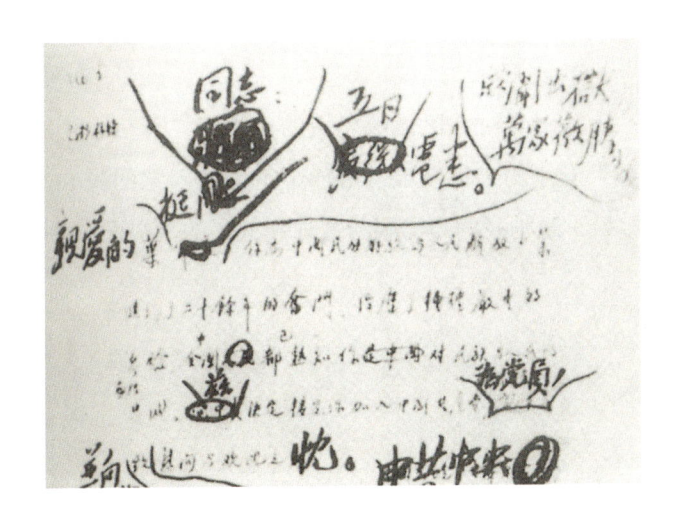

叶挺重新投入党的怀抱后，积极要求回到新四军，置身于拯救中华民族的火热而广阔的战场。1946年4月8日，叶挺接到中共中央的通知，代替周恩来到延安参加全军整军会议。上午8时45分，叶挺与夫人李秀文及王若飞、邓发等同志离开重庆，转途西安飞往延安。途中天气突变，飞机迷失

方向，于下午2时左右，在晋西北兴县东南80公里处的黑茶山遇难，时年50岁。

叶挺的一生是对党对人民无限忠诚的一生，尤其是十年的流亡生活，四年的抗日生涯，五年的牢狱磨难，更加坚定了他入党的决心，堪为今天共产党人的一面旗帜，激励我们为祖国的富强和人民的幸福而奋斗。

安徽涡阳一封信

新四军第四师纪念馆小小讲解员　周希

一门词客三父子、一门英烈三兄弟。千年前,在中国宋代,苏洵、苏轼、苏辙名扬天下。千年后,在老子故里涡阳,谢继书、谢继祥和谢继良英名永传。

在中国人民革命军事博物馆,珍藏着一封长29厘米、宽22厘米的信札,褶皱的纸张,印刻着那段历史的痕迹;苍劲的笔迹,在字里行间诉说着最朴素的真情。写信者是新四军军事家彭雪枫将军,收信者是涡阳县丹城镇一位谢老太太。彭师长在信中这样说道:"谢老太太,你的三个儿子为了抗日救国英勇牺牲,满门忠烈,留下无上的光荣,全国军民莫不钦敬。他们能够如此

深明大义，为国牺牲，都是由于老太太平日教育之功。从前岳母教育岳飞精忠报国，几千年后还被人人赞美，老太太教子三人，英勇杀敌，也足以比美岳母而被人人所赞美了。"

信中所说的三位英雄便是谢老太太的三个儿子，长子谢继书、次子谢继祥、幼子谢继良。1939年彭雪枫率军进驻涡阳，三兄弟纷纷入伍，并加入中国共产党，成为光荣的新四军战士。然而在1940年3月16日至6月1日，短短两个半月时间里，谢家三兄弟先后遇难。父亲谢老先生因伤心过度不幸去世，留下谢老太太和4个幼小的孙子，家庭生活十分困难。

彭雪枫听闻后，心中十分悲痛，便写下了这封简短却饱含深情的信，并送去了100元法币作为抚恤金。

坚强的谢老太太听完信后，激动地说："同志，你回去后对彭将军讲，我的儿子继书、继祥、继良都是为国家死的，死得值得！让他带兵狠狠打鬼子，不要操心俺家。我老了，不能为国出力了，但我要和儿媳妇一起，把孙子都

培养成人，让他们长大后还报效国家。"新中国成立后，谢继书的儿子、孙子也参军入伍，谢氏一家的血脉和光荣得以代代传承。

在战争年代，彭雪枫、谢家三兄弟以及无数人用生命演绎了那段惊心动魄的历史，诠释了中华儿女不屈不挠的革命精神。

红二十五军鏖战独树镇

红二十五军鏖战独树镇纪念馆小小讲解员　杨若涵

独树镇战斗，是红二十五军长征中生死攸关的一场血战。习近平总书记在纪念红军长征胜利80周年大会上，称独树镇战斗为鏖战独树镇，与血战湘江、四渡赤水、巧渡金沙江、强渡大渡河、飞夺泸定桥、勇克包座、转战乌蒙山齐名，被誉为红军长征八大著名战役之一。

这里就是独树镇战斗纪念地，位于河南省方城县独树镇东七里岗，占地28亩，由纪念碑、烈士陵园、战斗纪念馆组成。

1934年11月中旬，继中央红军第五次反"围剿"失败被迫进行长征后，红二十五军近3000人，在军长程子华、政委吴焕先、副军长徐海东的率领

下，高举"中国工农红军北上抗日第二先遣队"的旗帜，开始战略转移。

11月26日，红二十五军抵达方城县独树镇七里岗，先头团突遭埋伏于此的国民党四十军一一五旅和骑兵团的猛烈攻击。当时，天气寒冷，风雪交加，战士们衣衫单薄，手被冻僵了，拉不开枪栓。危急时刻，红二十五军政委吴焕先振臂高呼"共产党员跟我来"，手持大刀率队冲入敌阵，稳定局势；副军长徐海东率后卫团疾速赶到，三次冲击七里岗，扭转危局。入夜，红二十五军乘敌空隙，突出重围，胜利挺进伏牛山。

这面墙上展示了东西南北中五个战斗场景：南部是徐海东带领红二十五军二二三团的阻击战，徐海东集中二二三团全部轻重机枪组成"人"字形攻势，向七里岗之敌发起攻击；西部为村庄阻击战；东部是村庄阻击骑兵战；北边是公路突破战；中部是肉搏战。

这次战斗，红军以不足3000人的兵力，在敌强我弱、地形与天气都不利的情况下，舍生忘死，英勇战斗，挫败了敌人二三十万步骑兵的合围，为红军保存了有生力量，为迎接党中央和中央红军北上，并在陕北建立革命大本营奠定了基础。

长征精神光耀千秋，长征精神是我们不竭的精神动力。如今，红二十五军鏖战独树镇的硝烟已经远去，但红二十五军将士用理想信念、鲜血生命铸就的伟大长征精神，时刻激励着我们。作为新时代的少年儿童，我们必须传承好红色基因，努力奋发学习，将来为实现中华民族伟大复兴的中国梦贡献力量！

开国女将军李贞的故事

三五九旅屯垦纪念馆小小讲解员　卓新雨

在我们阿拉尔三五九旅屯垦纪念馆的将帅墙上，有一位特别引人注目的女将军李贞。她在1955年被毛主席亲自授予少将军衔，也是唯一的一位开国女将军，毛主席称她为"共和国的穆桂英"。她与甘泗淇（上将）是我军历史上第一对夫妻将军。

李贞奶奶于1908年出生在湖南浏阳，1927年3月加入中国共产党，同年9月参加秋收起义，1934年8月参加长征，在长征途中曾任红六军团组织部长，红二方面军政治部副部长、代部长。抗日战争期间担任八路军妇女学校校长、晋绥军区政治部秘书长，解放战争期间担任西北野战军政治部秘书长，

1959年，毛泽东与女将军李贞握手

夫妻将军甘泗淇、李贞合影

抗美援朝期间担任志愿军政治部秘书长，抗美援朝回国后，担任最高人民检察院军事检察院副检察长。

李贞将军曾经荣获"二级八一勋章、二级独立自由勋章、一级解放勋章"，在朝鲜荣获"二级自由独立勋章"。1988年还荣获一级红星功勋奖章。

李贞奶奶作为女人，一生伟大而又坎坷。在血与火交融的戎马生涯中，饱尝了爱情与婚姻的酸甜苦辣。1934年8月，她和甘泗淇结婚的第二天就开始了艰苦卓绝的长征。

李贞奶奶，没有自己的子女，曾经怀过两次孕，但因意外都流产了。一次是在战斗中，弹尽粮绝，被敌人团团围住，她宁死不屈、绝不向敌人投降。为了不让敌人抓住，她选择了舍身跳崖，表现了一名共产党员为了革命不怕死的革命精神，但是她的命很大，跳崖时被树枝挂住捡回了一条命，可因受了重伤导致流产，被老百姓救活后又回到了部队。第二次流产是在红军长征过草地的时候，怀孕七个月的李贞早产了，因为身体虚弱，又缺衣少粮，李贞没有足够的奶水喂养孩子，虽然战友们送来了青稞面，可数量有限，又没有多少营养，终究没能留下这个可怜的小生命，在长征路上夭折了。

两次流产导致她的身体严重损伤,之后再也不能怀孕,但是她与丈夫甘泗淇上将,一共收养了 20 名烈士遗孤,也算是完成了两位将军做父母的心愿。

1990 年 3 月 11 日,李贞将军在北京逝世,享年 82 岁,在"集体宿舍中"走完了辉煌的一生。她也为党和国家最后作了一次贡献,将自己仅有的 1.1 万元人民币和 2500 元国库券及两根金条全部捐赠给了国家。一根金条捐赠给了她自己的家乡浏阳县,另一根金条捐赠给了她丈夫甘泗淇的家乡宁乡县,用来发展当地的教育事业。存款则分为两半,一半捐赠给了北京市少年宫,另一半则作为党费上交组织。这就是我们的开国女将军李贞,值得我们永远尊敬和怀念。她是我们学习的楷模,她身上体现的革命精神和"三五九旅精神"永远在塔里木闪闪发光,她的丰功伟绩永照千秋,永远激励着后人进步。

一口面条、一片深情

陕西丹凤县庾岭镇红军小学学生　黄佳怡

　　1934年12月10日上午，鄂豫皖省委的同志在庾家河开会，突然枪声大作，警卫人员进来报告："敌人占领了东北坳口。"由于红25军的战士们近一个月来长途行军，转战千余里，已疲惫不堪。设在庾家河东面的排哨，大部分人都睡着了，直到敌人打到眼前才发现。于是，全军从炊事员到军长全部投入战斗，从中午打到黄昏，经过殊死奋战，反复冲杀20多次，终于转败为胜，化险为夷。这次战斗虽然击毙敌人800多名，但红25军也付出了沉重的代价，伤亡200余人。营以上干部大部分负了伤，军长程子华、副军长徐海

东也都负了重伤。

一颗子弹,从徐海东的左眼打进去,又从颈后穿出。他这次负伤比以往哪次都重,失血很多……

徐海东昏迷了整整四天四夜,直到第五天才醒了过来。在这几天里,护士周东屏一直守护在他身旁。

徐海东醒来后便问道:"现在几点钟了?部队怎么样了?"周东屏眼里闪着激动的泪花,答非所问地说:"首长可醒过来了。四天四夜不省人事,一句话也没说,把人都快急死了。"徐海东开玩笑地说:"我可没着急,倒是睡了一场好觉。"周东屏怕徐海东醒过来太劳累,打着手势,不让他多说话。她知道徐海东已四天四夜滴水未沾,粒米未进,就去找来一碗面条,细心地一口一口地喂给他吃,生怕触痛他的伤口。徐海东吃了面条,精神好了许多,就向周东屏问这问那。

经过近一个月的转战,部队消耗很大,特别是庾家河殊死恶战后,7名女战士看到一些伤病员因没有药品医治而失去生命,内心极为痛苦。强烈的责任心和深厚的战友情,促使她们不顾自己虚弱的身体,同医院的战友们一起

收集缴获的药品,想办法找偏方采草药;重伤员吞咽困难,她们就亲自煮面条,一口一口地喂,她们通过这些办法挽救了不少战友的生命。

送郎当红军

中央红军长征出发纪念馆小红星讲解员　冯馨怡

大家好，我是来自中央红军长征出发纪念馆里的一名小红星讲解员，我叫冯馨怡，今年11岁。7岁那年我就正式开始了志愿小红星讲解员的服务，每年为来自全国各地的游客讲述于都故事数百场，在庆祝建党百年华诞之际，我会继续讲好发生在我的家乡于都这片红色热土上的故事，学好党史，传承好红色基因，争做新时代好少年！

现在我们看到的是一组《送郎当红军》的雕像，中间的这位红军战士，还是一位年轻的父亲。当年为了积极响应参加红军的号召，也为了心中的理想和信念，他毅然告别了自己的爱妻和嗷嗷待哺的孩子，参加红军，走上

前线。

看着这组雕像，再听着这首耳熟能详的《十送红军》，仿佛又回到了那段峥嵘岁月。妻送郎、母送子、父子兄弟同上战场的情景又浮现在了我们眼前。

在于都县银坑地区，有一位叫肖玉女的妇女，新婚才一个月，就动员自己的丈夫去参加红军。村干部问他："你舍得吗？"她说道："这有什么不舍得的？不脱鞋下不了地，施了田才有饭吃，等打倒了国民党，我们的好日子还长着呢！"

苏区时期，于都县共有 68519 人参加红军，10 万人支前参军，参军参战者多达 16 万人，也是赣南参加红军人数最多的县。参加长征的 8.6 万多中央红军中，有 1.7 万是于都儿女。可是，到了新中国成立后，于都籍战士仅剩下 200 多人，许多红军战士都牺牲在了反"围剿"的战场上。虽然他们并没有见到新中国的成立，但他们同样为新中国的成立作出了不可磨灭的贡献！

送郎当红军 | 043

红色特工王李克农

八路军桂林办事处纪念馆志愿者讲解员　张朝枔

"三十年前事已赊,知君才调擅中华。能谋颇似房仆射,用间差同李左车。"这是1962年董必武为李克农写的悼诗,高度评价了李克农足智多谋、对党和国家无限忠诚的大无畏精神。

李克农,1926年加入中国共产党,是我党我军隐蔽战线的卓越领导者和组织者,曾与胡底、钱壮飞被誉为"龙潭三杰",为中国红色政权的建立立下了汗马功劳。

1929年,李克农受党组织派遣与胡底、钱壮飞一同打进国民党最高特务机关,进行特殊战斗。1931年4月,由于叛徒的出卖,敌人企图将我党在上

海的机关一网打尽。就在这千钧一发的关头，李克农及时地把钱壮飞送来的情报转交给周恩来，为保卫党中央和地下党组织的安全作出了重要贡献。

多年在隐蔽战线上的对敌经验，锤炼出了李克农的超凡谋略和胆识。1938年11月，李克农奉命到桂林担任八路军办事处处长。同年12月，他陪同第一次到桂林的周恩来去拜会当时广西主席黄旭初。由于黄旭初对共产党在桂林设立办事处心存疑虑，为试探共产党的诚意，在短暂的寒暄后黄旭初便单刀直入地质问李克农："你说广西有没有共产党呢？"李克农不慌不忙地回答道："有是有的，但是不会找你们麻烦。如果说没有，那是骗你的，我就是嘛！"紧接着李克农表示了我党对桂系的态度，最终打消了他们的疑虑。

1941年"皖南事变"爆发，八路军桂林办事处被迫撤销。李克农率领撤退队伍，要从桂林转移到重庆。当时政治环境十分复杂，路途艰险遥远。在路经最严格的一品场检查站盘查的时候，由于李克农机智、敏锐及其高超的表演技术，竟使军统特务头子戴笠最得力的干将韦贤也错把李克农佩戴的十八集团军标志G18，误认为是陈诚的十八军军标C18。国民党苦心设卡要拦截李克农，却被戴笠的得力干将一路护送，安全到达重庆，这恐怕是戴笠连做梦也没有想到的。李克农所独有的文艺素养，也许正是他完胜军统特务

头子戴笠的一个重要原因。

"做党守护神，功胜古名臣。"1955年，当毛泽东把元帅、大将、上将等军衔授予那些身经百战的功臣时，李克农，一个从来没有指挥过火线交锋的将军，同样被授予了上将的军衔。

漓水烽烟已飘逝，伟绩长留天地间。李克农将军的战场或许没有战火熊熊，他的故事或许鲜为人知，但是历史会记住这位传奇将军的丰功伟绩。

民族英雄伟大父亲——杨靖宇

沈阳"九·一八"历史博物馆小小志愿者　罗希

杨靖宇，是我们熟知的抗日名将。他曾率领抗联战士转战东南满地区，威震东北大地，被日军称为满洲治安之癌。就是在这样一位民族英雄的铮铮铁骨背后，也饱含着对妻儿的眷恋与柔情。

1932年，杨靖宇接到党组织的任务，即将奔赴东北领导抗日。临行前的一天晚上，因为思念家中的妻儿，杨靖宇冒着大雪回到家中。也许是分别了太久，妻子见到丈夫回来，高兴地说："快来给我们的女儿起个名字吧。"望着襁褓中熟睡的女儿，杨靖宇满怀愧疚，他已经太久没有回家了，女儿生下来都没有看上一眼，今天望着女儿粉嘟嘟的小脸，他太想把女儿抱起来，紧紧搂在怀里，许久过后，想了想说："就叫躲儿吧！""是花朵的朵吗？""不，是在咱家住不下去，到她姥姥家躲一躲的躲儿。"第二天，杨靖宇带着对妻儿的牵挂，离开了家，奔赴东北领导抗日。

然而，就是这样一位连敌人都敬佩的英雄，为了国家和民族能够舍弃自己的一切，甚至在牺牲时也未能看一眼家中的妻子与一双未成年的儿女。

长大后的躲儿还记得，一天，

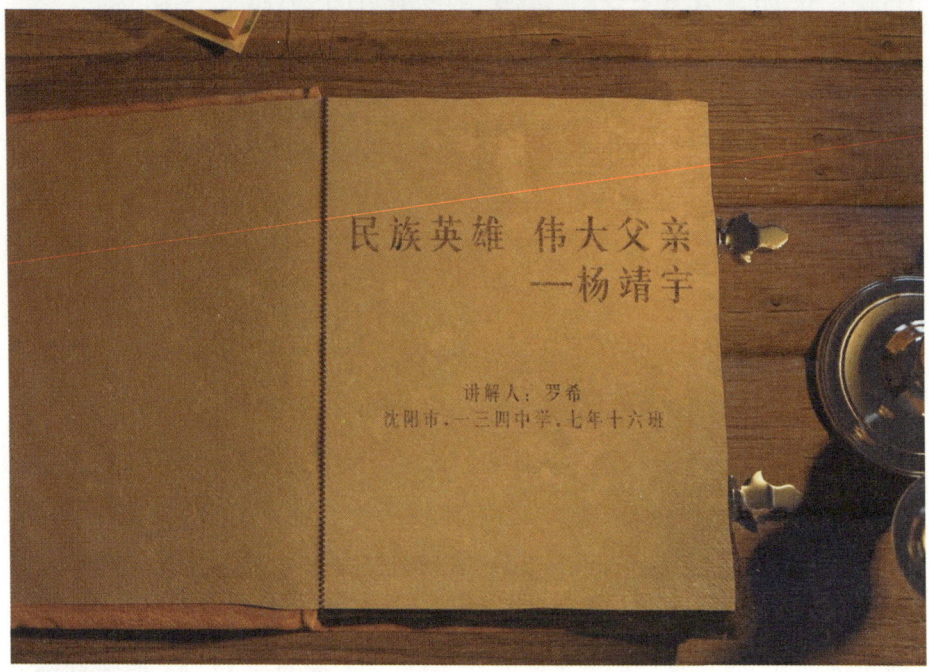

组织找到了她。在一座楼的地下室里,她看到了父亲的头颅,他的眼睛半睁开着,仿佛看到了抗战胜利,仿佛看到了躲儿。她扑上前泣不成声地说:"爹,现在,抗战胜利了,中国人再也不需要躲藏了,您给我起的名字,我已经用不上了。"

几个月后的一天,天空下着小雨,躲儿带着父亲的遗体回到了那白山黑水的故乡。

此后,每当国旗升起时,躲儿都眼含热泪,因为她想到父亲和他的战友们作出的贡献是伟大的,她为有这样的父亲而感到自豪与骄傲!

曾志魂归井冈

井冈山映山红红军小学六年级一班　谢紫嫣

井冈山，是一块浸染了无数先烈鲜血的红土地，在这苍茫的青山绿水间，长眠着无数的红军战士。一些当年在这里战斗和生活过的老红军，难以割舍对这块红土地的眷恋，也在百年之后，魂归井冈。在井冈山小井村，就有着这样一座老红军的墓地，小小的墓碑上镌刻着"魂归井冈——红军老战士曾志"几个字。

1928年4月，曾志与丈夫蔡协民随朱德、陈毅率领的南昌起义部队和湘南农军来到井冈山，参加了井冈山的斗争。11月7日，恰逢苏联"十月革命"纪念日，曾志临产了，当时后方留守处没有谁会接生，加上没有医疗设备，

难产使她痛了整整三天三夜。好不容易把孩子生下来了，然而由于身体虚弱，大出血不止，曾志几度昏死过去。后来用当地草药医治，才把她从死神手中救了回来。可是，祸不单行，接踵而来的又是"产褥热"，几天几夜持续高烧不退……

经历过出生入死战争考验的曾志知道，自己是没有办法带大孩子的，于是将出生26天的孩子托付给了王佐部队一位姓石的副连长。

1929年1月，红四军主力向赣南出发的前一天，毛泽东要曾志随主力红军出发。离开井冈山时，已没有一丁点儿的时间让她再看看自己的孩子，第二天一早，曾志拖着虚弱的身体，忍痛别子毅然随部队离开了井冈山。

1951年夏天，时任广州电业局党委书记的曾志委托一个访问团同志打听一下她孩子的下落。访问团在井冈山地方政府的帮助下，很快找到了24岁还不知道自己亲生父母是谁的石来发。石来发来到广州终于见到了妈妈。他希望妈妈给他在北京安排一份工作，但是曾志却语重心长地告诉儿子："毛主席的儿子都去前线打仗，你为什么不能安心在家务农呢?!"他牢记母亲的谆谆教诲，在井冈山上担任了几十年的护林员。

1998年6月21日，曾志在北京与世长辞，按照她生前的遗愿，6月30日，家人护送她的骨灰来到井冈山。石来发本想为一生历尽磨难的妈妈在井冈山修个好墓，可谁知母亲在遗嘱中，出现最多的是"不"字，"不开追悼会""不举行遗体告别仪式""不要在家里设灵堂""不要来京奔丧""不要写简历生平"。儿子哪能不尊重母亲的遗言？儿孙们在曾志工作过的地方，在战友们长眠的地方，静静地将洁白的骨灰撒向大地，并献上了四束小花，花上插了一张卡片，上面写着："您所奉献的远远超出一个女人，您所给予的远远超过一个母亲！"

曾志是一位女人，也是一位母亲，但她更是一位战士。她用自己的一生来证明自己亲口说过的一句话："我对我选择的信仰至死不渝，我对我走过的路无怨无悔。"从曾志的身上，我们看到了一位真正的共产党人严以修身、严于律己、秉公用权、不以权谋私的精神。

传播抗战文化　　传承抗战精神

沈阳"九·一八"历史博物馆小小志愿者团队

　　1931年9月18日,日军炸毁南满铁路柳条湖路段,反诬是中国军队所为,并以此为借口向北大营发起进攻。一个小时后北大营被占领,一天之后沈阳城被日军侵占,4个月零18天后,东三省全部沦陷,这就是震惊中外的九一八事变。一时间,民族陷入危亡,山河支离破碎。

　　就在山河破碎、民族危亡的紧要关头,中国共产党率先吹响了东北抗战的号角。

　　九一八事变第二天,中共满洲省委召开紧急会议,发表《中共满洲省委

为日本帝国主义武装占领满洲宣言》，号召东北人民拿起武器共同反抗日本侵略。这份宣言不仅是中国反抗日本侵略发表的第一份宣言，也是世界历史上第一个反法西斯战争宣言。

面对日本关东军的疯狂侵略，中国共产党开始组建由党直接领导的抗日部队。李兆麟奔赴辽阳，杨靖宇去往磐石，赵尚志北上巴彦。随后，十余支抗日游击队相继成立，并成为东北抗日战争的主力。

1936年，东北党组织在东北人民革命军的基础上，开始组建抗日联军，从此东北抗日的武装有了统一的称谓——东北抗日联军，共11个军，3万余人。抗联在东北开辟了东南满、吉东、北满三大游击区，与日军开展英勇斗争。

"朔风怒号，大雪飞扬，征马踟蹰，冷气侵人夜难眠。火烤胸前暖，风吹背后寒。"这是《露营之歌》中的一段歌词，在这艰苦的环境中，在白山黑水间，在林海雪原中，处处挺立起不屈的脊梁。

面对武器精良、人数数倍于己的强敌，赵一曼说："未惜头颅新

故国，甘将热血沃中华。白山黑水除敌寇，笑看旌旗红似花。"

孤悬敌后，面对强敌，依然英勇地抗争，阻止敌人的侵略，杨靖宇说："我愿洒尽我的一腔热血，换得民族的解放和祖国的未来。"

面对敌军残酷的折磨与拷问，抗战英雄正义凛然、不屈不挠，赵尚志负伤被俘，仍然怒斥敌人的野蛮暴行。

正是凭借这种顽强的意志，抗联战士们将敌人死死地牵制在东北，使日军不能入关南下，有力支援了全国抗战，却也为此付出了巨大的代价，牺牲率极高。在抗联军中，军级以上牺牲20余人，师级以上牺牲近200人。

在中华民族最危急之时，无数优秀的中华儿女前仆后继，抛头颅、洒热血，用生命铸就了感天动地、气壮山河的伟大东北抗联精神，这种精神必将激励一代代中华儿女勠力同心、接续奋斗。

起来，不愿做奴隶的人们！把我们的血肉筑成我们新的长城！

1. 王蓬勃　沈阳市第九中学高一五班
2. 金禹昊　沈阳市南昌中学八年二十二班
3. 富思涵　沈阳一三四中学初三九班
4. 罗　希　沈阳市第二十中学高二十五班
5. 冯宜琳　沈阳市育源中学七年十三班
6. 宋哲睿　沈阳市大南二校六年一班
7. 侯舒园　沈阳市大南二校六年二班
8. 胡子涵　沈阳三台子一校五年三班
9. 冯加一　沈阳东北育才丁香湖小学五年四班

"百馆百讲"少年儿童讲述党史故事

湘江战役灌阳新圩阻击战酒海井红军纪念园
桂林市第十八中学初1904班　林泽翔

镜头1. 酒海井红军纪念园门前

嗨，大家好！我来自山水甲天下的桂林，桂林十八中初1904班的林泽翔。

现在，我在湘江战役新圩阻击战酒海井红军纪念园为你讲述。

你知道吗？前不久，也就是今年4月25日，习近平爷爷到广西考察的第一站，就来到了桂林全州红军长征湘江战役纪念园，向纪念碑敬献花篮、三鞠躬，瞻仰"红军魂"雕塑，参观纪念馆。

他要求全党同志缅怀革命先烈，赓续共产党人的精神血脉，这其实也是对我们少年儿童的教导与希望。

87年前，也就是1934年11月在桂林发生了惨烈的湘江战役。在我们前方10多公里长的公路和两边的山岭，就是湘江战役的三大阻击战之一——新圩阻击战的主战场。

现在，大家随我进入新圩阻击战史实陈列馆去看一看。

镜头2. 新圩阻击战史实陈列馆大厅雕塑前

湘江战役是关系中央红军的生死存亡之战，是长征途中最为悲壮的惨烈之战。英勇的红军指战员浴血奋战，突破了敌人的第四道防线取得了胜利，但也付出了极为惨重的代价，人数由长征开始的8.6万人锐减到3万余人，湘江成了血江。当地流传的民谣说："三年不饮湘江水，十年不食湘江鱼。"

镜头3. 新圩阻击战史实陈列馆里，战斗雕塑前

作为湘江战役的三大阻击战之一的新圩阻击战，也是非常惨烈。红军3个团又1个营顶住了敌人7个团四天三夜的进攻，确保了中央纵队西渡湘江。4000多名红军先烈长眠在灌阳新圩这块土地上，大多数团级、营级干部不是牺牲就是负伤。红五师参谋长胡震、第十四团团长黄冕昌就壮烈牺牲在前沿阵地上。

镜头 4. 新圩阻击战史实陈列馆里，木刻画前

在掩护中央红军主力渡过湘江后，作为全军后卫的红三十四师，像掉进马蜂窝一般，被敌人团团围困在湘江东岸，红军将士拼死突围，最后寡不敌众，全师覆没。年仅27岁的师政委程翠林壮烈牺牲，年仅29岁的师长陈树湘受重伤被俘后，毅然断肠自尽壮烈牺牲，实现了"为苏维埃流尽最后一滴血"的铮铮誓言。

英雄感天动地，而敌人残忍无比。敌人竟然将陈树湘师长的头颅砍下，挂在他老家的城门上，他的老母和妻子就住在城门附近的街道里。敌人的行为令人义愤填膺。

镜头 5. 酒海井前

这是一个地下河的开口，因为形状像装酒的坛子，所以当地老百姓就把它叫作酒海井。

当年，敌人将新圩阻击战临时救护所里的120多名红军伤员，用棕绳捆绑，残忍地推进酒海井里，凶狠地用机枪扫射，红军伤员全部壮烈牺牲。

这120多名红军先烈都没有留下名字，但他们都是为了新中国牺牲的无名英雄，有些还是跟我一样大的孩子。但是，共和国没有忘记他们，人民没有忘记他们。

2003年，灌阳县政府在酒海井建立了红军烈士纪念碑；2017年，组织潜水员从酒海井进入地下河搜寻红军烈士遗骸，安葬在新建的烈士墓冢里，并

建成了湘江战役灌阳新圩阻击战酒海井红军纪念园。现在，这里已成为缅怀红军烈士、传承长征精神的爱国主义教育基地。

镜头 6. 红军烈士墓冢前

青山埋忠骨，绿水颂丰功。先辈铸伟业，后辈定传承。

站在红军先烈鲜血染红的土地上，我想说：红军先烈永垂不朽，红军长征精神永垂不朽。作为幸运和幸福的少年儿童，我们一定要弘扬长征精神，从小听党话、感党恩、跟党走，走好新时代的长征路。

长征第一仗牺牲的第一位红军师长

信丰县赣粤边三年游击战争纪念馆小小讲解员　刘若晨

洪超，于 1909 年出生在湖北黄梅，早年在家乡搞过农民运动，1927 年夏加入叶挺第二十四师教导队，并参加了"八一"南昌起义。1928 年他随朱德上了井冈山，还当过朱德的警卫排长。他在红四军和红五军军部里都当过参谋，是彭德怀手下的一员猛将。1933 年 3 月在草台岗战斗中，洪超身负重伤失去了左臂。1934 年 1 月在攻占沙县县城战斗中，他担任主攻，率先攻入城内，荣获中革军委授予的二等红星奖章一枚。1934 年 10 月 21 日在信丰县新田镇百石村突破国民党军的第一道封锁线时，他身先士卒、英勇作战，不幸牺牲，时年 25 岁。

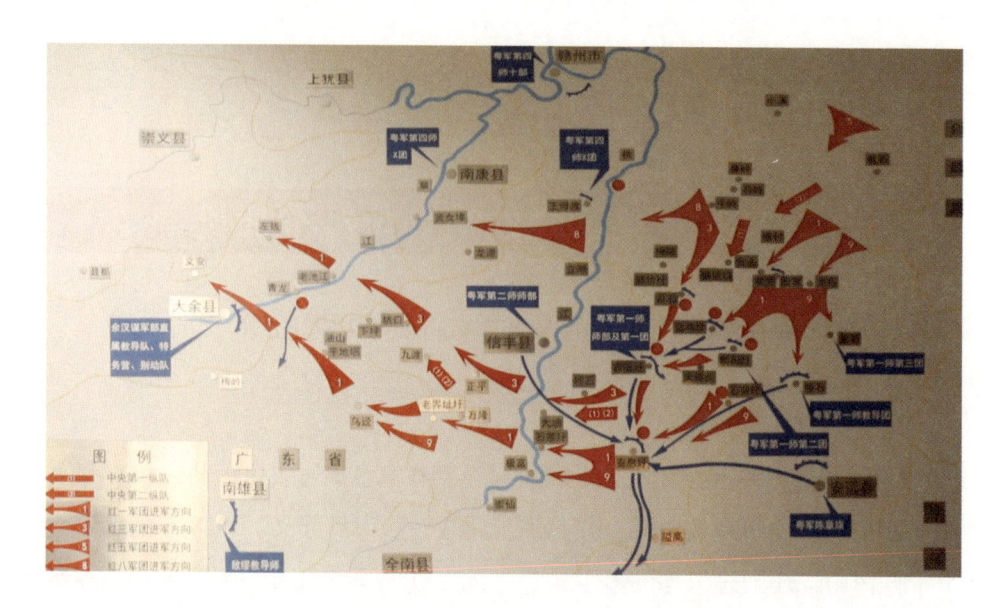

1934年10月20日，根据中革军委命令和红三军团军团长彭德怀的指示，时任红军第四师师长的洪超率部作为先头部队由赣县塘坑口向信丰县新田镇百石村挺进。国民党粤军总司令陈济棠在安远、信丰、赣县至赣州之间设置第一道封锁线，他趾高气扬地吹嘘这道封锁线是"铜墙铁壁、坚不可摧"。

"报告师长、政委，在信丰百石、新田、金鸡、古陂发现敌人和碉堡群……"

"知道了。"洪师长这时正在与政委黄克诚查看地图，选择进攻路线，师侦察参谋的报告使他感到形势严峻，敌人早有准备。这些天来，由于部队日夜兼程，他的双眼熬得通红，声音嘶哑。高大的身材显得有点清瘦，炯炯有神的眼睛久久地盯住地图，两道浓密的眉毛紧锁着。他沉吟片刻，突然，只见他扬起右手，向地图上猛力一击，果断地说："立即向彭军团长报告，我亲自率红10团进军百石，坚决踢掉绊脚石，黄政委，你率11团、12团在我的侧翼打掩护，阻止可能来增援的敌人。"

"好，坚决拿下百石，打掉粤军的嚣张气焰！"黄政委紧咬牙关，握紧了拳头。

兵贵神速，洪师长一声令下："出发！"全团战士立即跑步前进。21日上午 10 时，红 10 团以迅雷不及掩耳之势到达百石附近，抢占制高点，架起机枪，向敌人发起猛烈的攻击。红军战士一个个像猛虎下山直扑守敌的据点，"冲呀""杀呀"的声音震天动地，响彻云霄，密集的枪声在山谷中呼啸回荡。

这时，粤军驻金鸡圩的一个营企图增援百石守敌，被红 11 团、红 12 团击溃。

在洪师长的指挥下，红军战士冒着敌人的枪林弹雨，越过铁丝网，翻过深深的壕沟，向高处的碉堡冲去。200 余守敌惊恐万状，慌忙弃堡逃命，躲进村里一座建筑坚固的"万人祠"土围子里负隅顽抗。红 10 团很快将其包围，首先展开政治攻势，劝其投降，然而顽抗到底的敌人却拼命向外打枪，一连牺牲了好几个喊话的战士。

洪师长十分恼火，气得直跺脚，大声命令："敌人不投降就坚决彻底地消灭他们，用迫击炮，给我狠狠地打！"随后，他身先士卒，带领战士攻打土围子，不幸牺牲在战斗之中，时年仅 25 岁。

"同志们！"闻讯赶来的黄政委悲愤地说，"我们要以胜利的反攻，来纪念光荣牺牲的洪师长！"

"坚决消灭敌人，为师长报仇！"战士们喊出了雄壮的口号。

信丰县赣粤边三年游击战争纪念馆小小讲解员 刘若晨

"轰！轰！轰！"迫击炮发怒了，只见一发发炮弹在"万人祠"一米多厚的麻石围墙上开花，炸开了几个大缺口，战士们如排山倒海般冲了过去，一举歼灭了这群顽敌。

彭德怀得知洪师长牺牲的消息，心中十分难过，深情地说："洪超同志身先士卒，英勇杀敌的革命精神，值得我辈学习！"1974年11月，彭德怀去世前还记得这位老部下，让身边的人不要忘记洪超，说他是我们中央红军长征路上牺牲的第一个师长。

一个既普通又特殊的公文包

广西八路军桂林办事处纪念馆志愿者讲解员
桂林市中华路小学六年级一班　黄子唐

在八路军桂林办事处纪念馆陈列着一个看似普通却又特殊的黑色公文包。它的边角虽然有些磨损，锁扣上也不知不觉爬上了一层斑驳的锈迹，就是这么一个看来很不起眼的普通公文包却承载着一段特殊的历史使命，蕴藏着一段特别的深情厚谊，并为后人留下了许多耐人寻味的故事。这就是抗战时期周恩来在许多特殊场合使用过的那个黑色公文包。

抗战时期，时任中共中央军委副主席的周恩来，因经常做国民党上层和社会各界人士的统战工作，为方便装放公文，确保文件的保密性，他的警卫

副官从八路军西安办事处总务科为他领取了这个公文包。随着抗日步伐的加快，周恩来带着这个普通的公文包，走南闯北从事革命活动，里面装着党的重要文件和他的一些简单随身用具，它伴随着周恩来经历了1000多个日日夜夜。

抗战时期，周恩来曾三次携带这个公文包，装载着党中央抗日主张的文件，来到八路军桂林办事处部署和指导工作。1939年2月，周恩来第二次路经桂林去皖南新四军军部指导工作并对新四军内部领导层工作进行调整。一路上跋山涉水，艰难险阻，每当遇到过河、蹚水时，周恩来都要再三叮嘱警卫副官廖其康小心小心再小心。即使自己衣服湿了，也不能把文件弄湿，即使自己掉进河里，也要先抱住公文包，不能把它弄丢了。因为公文包里装带的文件是代表党中央处理问题的依据和最后决定，如果丢失和损坏，就失去了政策文件的严肃性，后果会很严重。

1939年底，当廖其康奔赴延安抗大学习时，一向节俭的周恩来将这个见证他们共同生活，一起战斗过的唯一的公文包赠送给了他，希望他好好学习，将来更有作为。廖其康抗大毕业后，带着这个象征鼓舞与激励的公文包继续踏上革命征程，经历了抗日战争、解放战争和社会主义革命建设时期。即使在十年动乱中，在其他东西全被抄走的情况下，廖其康仍将它作为一生中最

珍贵的礼物冒险悉心珍藏着。直到 1974 年，他才将这个珍藏了几十年的公文包郑重地捐赠给了八路军桂林办事处纪念馆。现在这个公文包已作为国家一级文物收藏在纪念馆，成为爱国主义教育的重要资源。

一个看似普通的公文包，凝结的是一代伟人周恩来多少的风风雨雨和艰辛历程，展现的是一位领导人艰苦朴素和廉洁奉公的中华美德。

淳厚大将张云逸　创办烟厂传佳话

新四军纪念馆小小讲解员　孔祥麓

从辛亥革命黄花岗起义的炸弹队长，百色起义缔造红七军，到抗日战争组建新四军。历经解放战争时期的淮海战役、渡江战役和广西剿匪，大将张云逸戎马一生，征战途中多次遇险却从未受伤，是为福将。

1941年皖南事变后，新四军在江苏盐城重建军部，张云逸任新四军副军长兼第二师师长，并领导淮南军民取得了冬季反"扫荡"作战的胜利。

人们都知道张云逸骁勇善战、戎马生涯军功赫赫，同样，他在抗战时期创办烟厂生产飞马牌香烟的故事也被传为佳话。1942年，为了解决根据地的困难和满足新四军指战员的生活需要，张云逸创办股份合作制烟厂生产香烟。

在淮南抗日根据地，战士们常常用树叶、麻叶来代替香烟，时任新四军副军长兼第二师师长的张云逸，开会时看到有战士从地上捡烟头抽，大受触动。他指示二师供给部与当地烟草公司合资入股成立新群烟草公司，生产后来大名鼎鼎的飞马牌香烟，解决根据地军民的需求。他还指示从上海精印了大批大英牌香烟空盒，装上飞马牌香烟销往敌占区，这种烟被称为"四爷（新四军）的烟"，当时在延安的毛泽东也抽过飞马烟。张云逸用这种方式从敌占区筹集大量资金换取药品、钢材等新四军急需的物资，并有力地配合了地方政府开展对敌经济斗争，被称为懂经济的军事家。1953年初，71毫米、81毫米、84毫米的飞马牌香烟作为一种品牌被上海卷烟厂二、三、五厂同时生产，其中71毫米香烟直到1992年才停产。特别值得一提的是，飞马牌香烟在1984—1992年的近9年中生产了84.5万箱。

张云逸将军一贯谦虚谨慎和重视维护领导核心，从不突出自己。陈毅元帅称张云逸为"同志长兄"，说"云逸既是一个好主角，也是一个好配角。当主角时能集思广益，从善如流；当配角时则主动配合，精诚合作"。张云逸曾任新四军副军长时兼任抗大八分校校长，一次他与政治部主任邓子恢同时出席抗大八分校举行的开学典礼，会间他起立向邓子恢敬礼请其做指示。有人质疑说副军长向政治部主任请示报告不合适，张云逸却说："我虽是副军长，但也是学校校长，学校校长向军政治部主任请示报告，有何不可？"军部驻江苏省阜宁县停翅港时房东大娘忽然腹痛，张云逸亲自穿田埂越沟壑，急跑至

红色基因代代传——"百宫千馆万校"少年儿童讲述党史故事

讲好红色故事 传承红色基因

淳厚大将张云逸 创办烟厂传佳话

新四军纪念馆小小讲解员 孔祥篪

军部门诊所请医生去诊治。而当将军夫人头痛警卫员准备去门诊所请医生时，他却阻止说："以后凡是我家属有病，只要她自己能走来看的，不要门诊所派人来。"原新四军司令部门诊所医生沈华新每忆此都叹曰："将军风范，终生难忘啊！"

"有大海容人之量，高山仰止之德。"张云逸将军温敦睿达，被军史研究者称为"淳厚大将"。

扶贫模范尤良英

三五九旅纪念馆小小讲解员　阿依孜巴

尤良英阿姨是兵团一位普通职工，买买提是和田一位维吾尔族农民。2006年，买买提来到尤良英家拾棉花赚钱，但是他的妻子却突然生病住院，需要1万块钱的医疗费。万般无奈下，买买提只能跟尤良英阿姨借钱。当时，尤良英阿姨家一年收入仅3万块钱，她与丈夫商量，却遭到了反对，但尤良英阿姨仍将钱借给了这位维吾尔族兄弟。

眼看着还款的时间要到了，尤良英阿姨却没有收到钱。买买提打来电话邀请阿姨去他和田的家里做客，到了之后才发现，买买提的家庭非常穷困。但是，他仍然杀了家里的羊，做成烤肉请阿姨吃。正在吃饭时，阿姨听到，

一个卧室有小孩的哭声，她赶忙推门进去，却发现买买提4岁的小女儿手里，拿着一块没有肉的羊骨头在啃，她赶紧把烤肉端过去，看孩子吃得狼吞虎咽，她瞬间就明白了，买买提家根本没钱还给她。

尤良英阿姨为了帮助买买提脱离贫困，带着买买提一家来到十三团十一连。在尤良英阿姨的帮助下，买买提很快通过拾棉花还清了阿姨的1万块钱并且攒下一些积蓄。后来尤良英阿姨为了帮助买买提致富，10年间，她17次到和田，给买买提带去了种植棉花和果树的先进经验。

2013年6月，买买提家盖起了新房子，还和朋友开起了农家乐。开业那天，买买提又邀请尤良英阿姨去家里做客，看到了买买提家的新房，尤良英阿姨露出了欣慰的笑容。

我们都应该学习尤良英阿姨乐于助人的精神，帮助身边有困难的人。新疆各民族同胞也应该团结一心，让我们的生活变得越来越好，把我们美丽的家乡新疆建设得越来越好。

鲜花盛开的坟茔

延安桥儿沟深桥红军小学学生　陈意轩

片片雪花给草地披上了清冷的外衣,堆堆篝火烤热了瑟瑟发抖的夜空。一支红军部队扎营在草地上,忍受着凄风苦雨般的疾病和伤痛。这是一群舔着伤口的猛虎,这是一群将要冲天而起的鲲鹏,他们是拯救苦难民族的播火者,他们是照耀黑暗中国的闪闪红星。

看,草地深处似有流萤一闪一闪,哦,那是找寻野菜的战士手里提着的马灯。草地里的野菜已被前面的部队吃光了,小战士只能把苦涩的青草吞入腹中。突然,小战士停止了咀嚼,辘辘饥肠也停止了蠕动。

小战士看见了什么?是什么震撼了小战士的心灵?呵,一位红军女战士

倒卧在草地上，她的躯体上结满了晶莹的冰凌。年轻的女战士赤裸着身体，一双美丽的眼睛静静地凝望着浩瀚的星空。一套破旧的军服叠放得整整齐齐，一张纸条在寒风里微微地抖动。

"亲爱的战友，我实在是走不动了，我要永远留在草地里了。这套军装我不能把它穿走，把它留给没有衣服的战友们穿吧，对不起，我没来得及把破了的军装缝一缝……"唉，没人知道她家在哪里，也没人能叫得出她的姓名。当死神向她招手的时候她是那么坦然，嘴角边的酒窝里还留着一丝淡淡的笑容。

小战士向女红军行了庄严的军礼，他把枪膛里的子弹全部抛向天空，这是军人的最高礼节，小战士开枪为牺牲的战友送行！小战士扒开积雪采来好多好多的野花，为留在草地里的女红军搭起了一座花的坟茔。

当集合的军号吹红了天边的晨曦，那坟茔上的花儿一齐向远去的队伍轻轻摆动。这是女红军在向远去的队伍挥手告别；这是女红军在向战友们诉说着难舍难分的深情。"战友们，等到胜利的那一天，可千万要来草地告诉我一声。那时我会化作草地上飞舞的流萤，我会化作草地上盛开的鲜花，我会化作草地上绚丽的彩虹。我的心永远伴随着你们，红军战士就是我永远的姓名！"

人们都说这个女红军没有死，在咱们的队伍里一直闪现着她美丽的身影。那套珍藏了一辈子的旧军服就是她永生的证明！不信你到天安门广场就能看见她，她就是天安门广场上飘扬的五星红旗，她就是天安门城楼上永远闪亮的红灯！

印有刘少奇签名的江淮银行币的故事

新四军纪念馆小小讲解员　窦佳晨

为打破敌人的经济封锁，1940年二三月间主持中原局工作的刘少奇，就与后来任新四军财经部副部长的李人俊商量成立银行，发行新四军的钞票，同敌人开展经济斗争。刘少奇根据新四军当时面向大江南北，横跨淮河两岸的战略位置，把银行定名为江淮银行。1941年4月1日江淮银行宣告成立，4月12日挂牌对外营业，归军部财经部领导，同时建起了印钞厂。

江淮银行根据发展经济保障供给的工作总方针，在支持抗日根据地发展生产以及抵御日伪军"扫荡"入侵，保障新四军供给等方面作出了重大贡献。

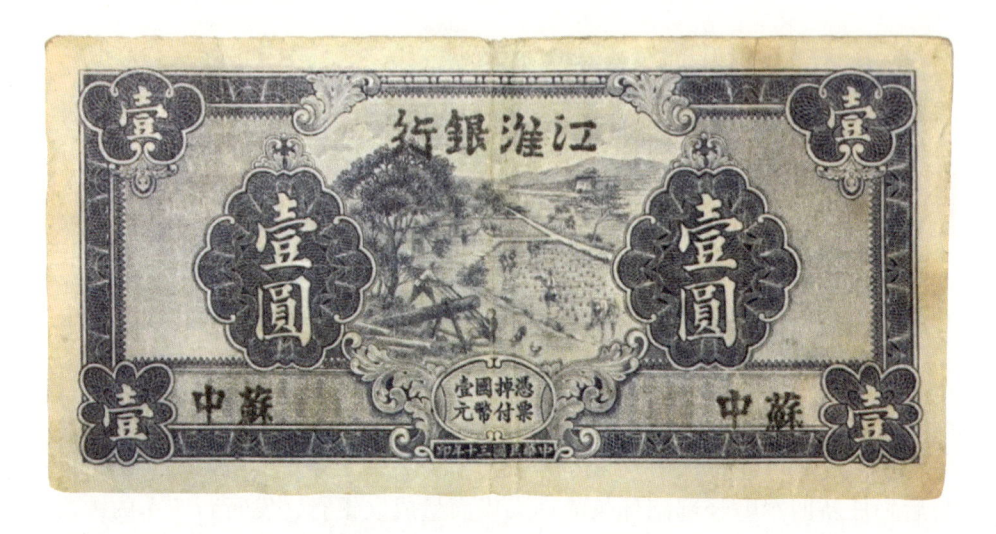

江淮银行印钞厂印出了多种版本的精美钞票，其中首批印制发行的一元抗币，正面主色调为蓝色，正中远景是隐约可见的山村，近景为农民正在稻田里插秧，体现了抗日根据地人民忙于劳动生产，积极支援抗战的生动情景。特别是在这枚抗币背面下部的英文即当时刘少奇化名为胡服的英文签名更显珍贵。

"时代楷模"张富清

三五九旅纪念馆小小讲解员　刘梓萱

　　视频里的老爷爷是我们非常熟悉的"时代楷模"张富清爷爷，他是 359 旅 718 团 2 营 6 连的战士。张富清爷爷于 1948 年 3 月参加了中国人民解放军，1948 年 8 月加入了中国共产党。他为了祖国的和平和人民的幸福，冒着枪林弹雨英勇杀敌，每次战斗都冲锋在前，多次荣立战功。张富清爷爷参加了著名的澄合战役、永丰战役等。在永丰战役中，因为战斗非常激烈，仅仅一天的时间，张富清爷爷所在的营因为伤亡过重就换了 3 个营长，一夜换了 8 个连长。张富清爷爷多次担任突击队长，炸毁敌人多座碉堡，在身受重伤的情况下，独自坚守阵地，多次打退敌人的反扑。直到天亮，他的战友才把他

从阵地上给抬回来。因为张富清爷爷炸毁了关键点的碉堡和守住了重要阵地，这次战役才取得重大胜利。

1949年末，张富清爷爷跟随部队解放新疆后，本来要和他的战友一起在喀什开荒造田、屯垦戍边，因为他很优秀，又被上级选拔到北京参加战斗和学习。学习完成后，为了建设祖国，张富清爷爷就主动选择去最偏远、最贫穷、最需要人才的来凤县工作，为贫困山区奉献了一生。

2012年，88岁的张富清爷爷左腿被迫截肢，但是爷爷依然保持着军人的意志，坚持不坐轮椅，独腿使用拐杖行走。在2018年的时候，爷爷眼睛又患了白内障，需要手术，因为他是战斗英雄，所以张富清爷爷治病的医药费全部由国家报销，但是，他却选择了用最便宜的治病晶体材料，张富清爷爷说"我九十多岁了，不能再为国家作贡献了，能为国家节约一点是一点"。

张富清爷爷一生中荣获过无数的战功和战斗英雄的称号，在2019年还被国家授予"时代楷模"和"共和国勋章"，受到习近平总书记的接见。

新四军第四师纪念馆

新四军第四师纪念馆小小讲解员　曹泽

新四军第四师纪念馆位于涡阳县新兴镇新兴集，占地3000平方米，是安徽省重点文物保护单位、爱国主义教育基地、国防教育基地、亳州市党政干部廉政教育基地。1939年9月初，彭雪枫带领新四军游击支队373人来到新兴集，开创了以新兴集为中心的豫皖苏边抗日根据地。1940年2月，游击支队改番号为新四军六支队；6月又与黄克诚领导的八路军二纵队合编为八路军第四纵队；1941年新四军重建后改番号为新四军第四师。新四军第四师纪念馆为砖木结构的四合院，分东西两个院子，有房34间，中央军委原副主席张震为纪念馆题写了馆名。纪念馆内有司令部，刘少奇、彭雪枫、张震旧居，彭雪枫

骑马铜像，彭雪枫德政碑，拂晓报社旧址，还陈列有各种图片和革命文物等。

彭雪枫师长有三件宝：拂晓剧团、骑兵团和一张《拂晓报》。

拂晓剧团成立于 1938 年 12 月，左奇任团长，成为部队和边区文艺工作的骨干力量。1940 年 6 月，开封孩子剧团在新兴集与拂晓剧团合并仍称拂晓剧团。

骑兵团，1941 年 8 月 1 日，新四军第四师骑兵团在江苏洪泽县岔河正式成立。骑兵团初创时，全团还不到 400 人，而且不少战士连马都没有，在武器上，除了枪支参差不齐外，骑兵最具标志性的武器——马刀也是大多数战士都没有的，条件非常艰苦。

《拂晓报》于 1938 年 9 月创刊，是从新四军游击支队到第四师的机关报，在教育部队、鼓舞人民和根据地建设中发挥了重要作用。

"拂晓"代表着朝气、希望、革命、勇敢、进取、胜利就要到来的意思。拂晓催我们斗争，拂晓引来了光明，定名为"拂晓"，其蕴含庄重而又伟大的意义。

现在我们看到的是彭雪枫德政碑，1940 年元旦前夕，位于新兴集的新四军游击支队司令部门前，人声欢腾，锣鼓喧天。当地群众树起一座高耸的石

碑，就是今天我们要讲述的国家一级文物"彭雪枫德政碑"。德政碑宽65厘米、高230厘米，碑铭为"陆军第十八集团总司令部参谋处长陆军新编第四军游击支队司令彭雪枫德政碑"。碑文记述了当地百姓蒙受水患之苦，描述了治水的经过和灭除水患之后群众的感恩之情。新兴集四周地势低洼，当地百姓把地势低洼的区域称作"湖"。这个"湖"东西长30余里，南北宽20余里，每到夏秋，一片汪洋，人称"李家湖"。1939年夏，在彭雪枫实地勘测和倡导下，军民联合奋战20个昼夜，修成了从永城县李寨村经涡阳县新兴集流入北淝河的一条10余公里长的大水沟，根治了新兴集的水害。工程告竣后，彭雪枫取"新兴集、新四军"之意，给这条沟命名为"新新沟"，成为军爱民、民拥军的历史见证。1941年春，"彭雪枫德政碑"在国民党顽军反共战火中遭到毁坏，碑身断裂。但彭雪枫将军耸立在人民心中的丰碑，是永远摧毁不了的！1955年7月，新兴集政府重新修复"彭雪枫德政碑"。彭雪枫将军是一位亲民爱民的共产党人，被党中央誉为"共产党人的好榜样"。正是因为有千千万万个像彭雪枫一样的共产党员，伟大的中国共产党才能得到全国人民的衷心拥护，并终将把党建设成永葆先进性和纯洁性、永葆青春活力、朝气蓬勃的马克思主义执政党。

朱乙妹——舍生取义救红军

信丰一小　宋发宸

信丰油山上乐村地处油山脚下，山高林密，屋场之间只有崎岖的羊肠山路相互连通，但这里却是当年游击队最安全可靠的"家"。这里的群众对待红军游击队胜过自己的亲人，他们经常冒着生命危险为游击队送情报、购买食盐、电池、纸张等山区紧缺用品，支援和保护红军游击队。

这个村子里有一名妇女叫朱乙妹，1894年出身于一个贫苦的农民家庭。早在1930年，共产党在油山领导农民举行武装暴动，成立苏维埃政权时，朱乙妹便积极参加革命，向群众宣传革命道理。

1934年10月，敌人向油山游击区再次组织了残酷、野蛮的"清剿"行动。

一天黄昏时分，三名游击队员去上乐村召开反"清剿"斗争会议。由于反动地主的告密，一群国民党士兵正悄悄地向会场逼近……

此时，朱乙妹背着三岁的女儿，正要去后山挑水浇菜。忽然，她听见山腰油茶树叶哗哗作响，仔细一看，是敌人进村了。回去报信已经来不及了，用暗语吆喝又怕贻误时机,她当机立断,把水桶一丢,转身往回跑,并大声呼喊:"白狗子来了!白狗子来了!"

游击队员听到喊声,迅速从屋后门上山,一会儿便消失在密林之中。

地主思忖着:刚才清清楚楚看见三个外地人进村,怎么一下子就不见了呢?他眼珠子一转,想起刚才有人叫喊,便下令将全村人集中在村前的草坪上,威逼大家交出通"共"的人。

"刚才是哪个妇娘子喊的?"地主虎视眈眈地在群众中走来走去,恶狠狠地质问。

人群中一片沉默。

"是谁喊的?快说,不说出来,我们就开枪扫射了!"地主暴跳如雷地威胁道。

这时,一个老大爷站了出来,大声说:"我们没有听到喊声呀!"

"是啊,我们没有听到喊声!"一些群众齐声附和,草坪像锅里的水开了似的。

"这个老东西在捣乱!给我打!"地主气急败坏地指着老大爷。

一个敌人用枪托打向这个老大爷的头部,老大爷的额头顿时鲜血直流,

但是老大爷忍着疼痛，仍然倔强地说："我们确实没有听到喊声！"

地主两只眼睛像狼一样闪着凶狠的目光，右手晃了晃，做了一个"杀"的动作。

一个敌人端起明晃晃的刺刀，向老大爷胸前逼近……

"住手！"突然，人群中传出一声怒喝，"刚才是我喊的，与这位老大爷无关。"

朱乙妹从人群中挤出，昂首挺胸向敌人走去。

凶恶的敌人惊呆了，一起把目光转向朱乙妹。地主气得大声号叫："你这'共匪'婆把'共匪'藏到哪里去了？"

"你们才是杀人放火的土匪。游击队是好人，你们休想抓到他们。"朱乙妹义正词严地说。

"快把她绑起来！"地主气得哇哇大叫。

"不用绑，我跟你们去！"朱乙妹神态自若地说，并转身把背上的女儿抱了下来，走到婆婆面前，跪倒在地，叩了个头，深情地说："婆婆，我对不起您老人家，您自己保重身体，我先走了！"说完，把脸一转，坚定地向敌人走去。

"砰、砰！"两声凄厉的枪声划破长空，子弹像在每一个人的心上穿过一样，草坪上一片抽泣声！朱乙妹为了保护红军，保护群众，英勇地献出了自己宝贵的生命。

这就是朱乙妹舍生取义救红军的故事，她的英雄事迹，她的革命精神将永远铭记在我们心中。

博物馆里的半截皮带

吴起中央红军长征胜利纪念园红领巾讲解员　王新迪

牛皮腰带三尺长，草地荒原好干粮。
开水煮来别有味，野火烧熟分外香。
一段用来煮野菜，一段用来熬鲜汤。
有汤有菜花样多，留下一段战友尝。
唱起《牛皮腰带歌》，大家听我细细讲。（快板）

80多年前，中国共产党领导的红军将士，为保存现有力量，实现北上抗日，陆续离开原革命根据地进行战略转移。纵横十几个省，跨越滔滔急流，

征服皑皑雪山，穿越茫茫草地，突破层层封锁，粉碎上百万敌军的围追堵截。胜利前进至陕甘宁地区，落脚于陕北吴起镇，实现了红军主力大会师。漫漫长征路，气吞山河，可歌可泣。在敌我力量悬殊、自然环境恶劣的条件下，饥饿成了最大的问题。草根、野菜根本不顶饿，红军战士不得不用枪带、草鞋牛皮底或者身上的牛皮皮带来充饥救命。他们还据此创作了一首《牛皮腰带歌》，就是开头我说唱的打油诗，以此苦中作乐。说到这里，我想起了之前在新闻中看到我们的习近平总书记参观国家博物馆时，在一条烙着"长征记"3个字的半截牛皮皮带前驻足良久。

吸引习近平总书记的那半截皮带的主人是一名普普通通的红军战士——红四方面军31军93师274团8连战士周国才。皮带的背面烙着"长征记"3个字，真实见证了长征那段艰辛而充满期望的岁月。远赴长征时，周国才仅有14岁，他所在的班原有14名战士，到达草地时就只剩下7个人了。进入草地不久，他们班的干粮就吃完了，只能挖野菜、吃草根、啃树皮。到之后连野菜也找不着了，他们只好开始吃枪带和鞋上的皮子。可这些东西也没坚持多久就被吃光了，于是大家解下自己的皮带煮着吃。

6位战士的皮带吃完后，大家对周国才说："该吃你的了。"战友们都明白，周国才的这条皮带是缴获的战利品。周国才实在舍不得吃掉自己的心爱之物，可为了抵抗饥饿，挽救全班战友的生命，他只得将自己的皮带贡献出来。看着心爱的皮带被切成一小段一小段的细皮带丝，漂在稀溜溜的汤水里，周国才禁不住流下了眼泪。

当皮带第一个眼儿前面那一截被吃完后，他实在忍不住了，哭着恳求战友说："我不吃了，同志们，我们把它留作纪念吧，我们带着它去延安见毛主席。"就这样，大家怀着对革命胜利的憧憬，忍饥挨饿，将这吃剩的半截皮带保留了下来。在随后的长征途中，周国才的6位战友相继牺牲，仅有他随红四方面军胜利到达了延安。为了缅怀牺牲的战友，他用铁筷子在皮带背面烫上了"长征记"3个字，并用红绸子包裹起来。1975年，周国才将这珍藏了几十年的半截皮带捐赠给国家，后由中国革命博物馆（现中国国家博物馆）收藏。

这条牛皮带，是党史中的一块活化石，真实见证了长征那段艰辛而充满期望的岁月。这场惊心动魄的远征，这一人类战争史上的奇迹，是中华民族的永恒记忆，永远流淌在人类历史长河中，创造了坚韧不拔、自强不息、勇往直前的长征精神；是中华民族百折不挠、自强不息的民族精神的最高表现，是保证我们革命、建设和改革事业走向胜利的强大精神力量。

生在红军长征落脚点的革命老区，我感到无比光荣。延安时期在我党百余年的奋斗历程中承上启下、意义重大。在这片古老的黄土地上，以毛泽东为代表的老一辈无产阶级革命家在这里艰苦奋斗了 13 个春秋。他们以坚定不移的崇高信念和勇于开拓的创业实践，使延安成为中国革命的大本营和武装斗争的统帅部，并在拯救民族危亡和争取人民解放的血与火的斗争中创造了辉煌业绩，培育和铸造了中华民族的振兴奋进之魂——延安精神。坚定正确的政治方向、解放思想实事求是、全心全意为人民服务、自力更生艰苦奋斗的延安精神是中国革命精神的结晶，是我们克敌制胜的坚强精神支柱，是中国特色社会主义现代化建设的强大精神动力。

不论我们的事业发展到哪一步，不论我们取得了多大成就，我们都要坚持践行延安精神、大力弘扬伟大长征精神，在建设中国特色社会主义现代化的道路上继续奋勇前进。

《拂晓报》的故事

新四军纪念馆小小讲解员　何雨璇

我们现在看到的这份报纸叫《拂晓报》，拂晓就是天快亮的意思，为什么这份报纸叫《拂晓报》？这里有一个故事。抗日战争从1931年开始到1945年胜利，历经14年。抗战期间，有一支中国共产党领导的军队叫新四军，号称铁军，我们盐城就是新四军的重要根据地之一。新四军在党的领导下打了许多胜仗，从日本侵略者手中解放了很多地方和广大人民。但抗战也是艰苦的、残酷的，一次次的战斗中，无数的革命先烈、新四军战士献出了自己宝贵的生命。

1938年是抗战形势最严峻的时期，为了宣传中国共产党的抗日救国主张，

反映敌后抗日根据地军民的艰苦卓绝斗争，鼓舞大家的士气，新四军第四师师长彭雪枫领导创办了一份报纸。他为这份报纸取名《拂晓报》，寓意光明即将来临。这份报纸受到根据地广大军民的欢迎，奏响了华中地区坚持抗战的响亮号角。《拂晓报》是新四军铁军精神的重要见证，我们每一位盐阜儿女都要学习铁军精神，了解铁军精神，把红色基因代代传承下去！

断肠明志铸忠魂

道县树湘学校八年级1班　刘铭传

"正可之子，文学，字子凤，号树春，又名树湘，无后。"

这是《檀山陈氏六修支谱》，关于陈树湘的全部记载。

他没有亲属，没有后代，甚至连一张照片都没有留下，我们现在所瞻仰的陈树湘雕像，也不过是根据他的生死战友韩伟将军的回忆雕刻而成的。今天让我们跟随英雄的脚步，走进那段血与火交织的悲壮历史，感受这位在三湘热土上成长起来的红军骁将29年短暂却又光辉的一生。

1905年，陈树湘出生于长沙福临铺一个贫苦的佃农家庭。1925年在毛泽东的革命思想影响下，加入了中国共产党。之后参加北伐战争，进入叶挺独立团，跟随毛泽东秋收起义队伍上了井冈山。1934年3月，陈树湘担任素有铁

军之称的红三十四师师长。

1934年10月，中央红军开始长征，经湖南道州、广西全州和兴安一带过湘江。红军进入两江狭长地带，国民党重兵压境，天上飞机轰炸，地面围追堵截，誓要把红军全歼于湘江东岸。生死攸关之际，陈树湘率领全师6000名红军将士，同数万装备精良的国民党追兵展开殊死搏斗，全力掩护党中央、主力红军抢渡湘江。

1934年12月1日，当中央主力红军成功渡江后，湘江已经被国民党军队完全封锁，红三十四师已无法渡江。奉中革军委之令，陈树湘率领红三十四师余部从广西境内翻越都庞岭再次进入道县，坚持在湘南一带打游击，保存革命力量。然而，红三十四师这支孤军遭到敌人的疯狂包围伏击，伤亡惨重，几近全军覆没。

红三十四师余部来到江华牯子江渡口抢渡潇水时再次遭到敌人伏击，陈树湘腹部中弹，身受重伤，不幸被俘。1934年12月18日清晨，当行走道县蚣坝镇石马神村时，陈树湘从昏迷中清醒过来，趁敌不备，毅然用手撕开腹部早已溃烂的伤口，掏出温热的肠子，用尽最后一丝力气，绞肠自尽，壮烈牺牲，年仅29岁。

这是1934年12月21日《大公报》关于陈树湘牺牲的报道，国民党反动派残忍地割下他的头颅，悬挂在长沙小吴门前的一根石柱上示众。

离家多年的陈树湘竟用这样的方式完成了他与家人最后的相聚。为了天底下更多的家庭，他做出了一个革命军人、一个共产党人最伟大的选择——将自己的一腔热血献给了伟大的共产主义事业。用生命践行了"为苏维埃流尽最后一滴血"的铮铮誓言，谱写了一曲对党绝对忠诚的生命长歌，并时刻激励着我们：不忘初心，牢记使命，砥砺前行！

塔河五姑娘

三五九旅纪念馆小小讲解员　金语轩

　　1958年5月，为解决塔里木河南岸新开垦的50万亩土地的灌溉问题，农一师决定，在戈壁荒漠开挖一条引水大渠。由于没有独轮车，更没有拖拉机，基本上全靠人力，上级领导研究决定，参加此次挖渠任务的，必须是身体好、思想好的男同志。有5位姑娘主动请缨参加，她们分别是王世卿、郭桂荣、赵桂荣、王华玲、赵爱莲，她们都是20世纪50年代响应祖国召唤，从五湖四海来到塔里木的支边青年。听说突击队不要女的，郭桂荣就和同伴们商量，跟着队伍好好干，让他们瞧一瞧。大会战开始这一天，郭桂荣奶奶带着同伴们和另外几个农场的20多名姑娘参加挖渠，被队长发现后让她们回去，

可她们却倔强地表态说"都是新社会了，还男女不平等？""我们保证不拖后腿！""我们也要为农场做贡献"。主任和队长多番工作做下来，看她们如此坚定，没办法就默许了，姑娘们都高兴地跳了起来。她们不仅要挖渠，还要伐树、砍红柳，起早贪黑地干，小伙子们都有些吃不消，更别说姑娘们了。很快，20多名姑娘就只剩下5名了。有人说，不出3天，工地上就都是男人了。5名姑娘听到后，很不服气。中午吃饭时，大家都说："干下去，干到底，和他们比个高低。"5名姑娘一商量，成立了女子突击队，想用事实证明给大家看。可是，挖渠是体力活儿，女人没有男人力气大，怎样才能取胜呢？大家想出了一个办法，那就是白天干晚上也干。为了不让小伙子们发现，白天姑娘们按时收工。吃过晚饭后，姑娘们就悄悄来到工地，每人都用大筐子装土。晚上干活凉快，人也不觉得累，一干就是几个小时。瞌睡了，就靠着筐子眯一会儿；累了，就扯开嗓子唱上几句家乡戏，干得很起劲。连续干了30多个小时后，大家渐渐地没了声响，只知道不停地装筐、挑土，眼见着王世卿迷迷糊糊地把挑出去的土又挑了回来，赵爱莲看到了，大声说："你怎么搞的？"大家哈哈大笑起来。吸取了打瞌睡的教训，再到工地加夜班的时候，姑娘们就带上从伙房里偷出来的尖辣椒。实在瞌睡得不行的时候，就咬上一口，辣得直跺脚，就不瞌睡了。就这样，5名姑娘的任务迅速完成了，把小伙子都甩在了后面。这下，他们再不敢小看姑娘们了。"塔河五姑娘"迅速出了名。此后，不断有别的突击队的小伙子找姑娘们打擂台。相同的土方，相同的人数，谁在规定的天数里完成任务，谁就获胜。只要一有"擂台"打，郭桂荣等人就通宵干活。有一阵子，她们在挖渠时遇到了沙质土，这种土装进筐里就不断地往外漏，而且上坡时踩在沙土上还很滑脚，特别影响进度。怎么办？姑娘们凑在一起想出了用床单垫筐底的办法。姑娘们都跑回去，把舍不得铺的床单拿出来，撕了垫筐底。沙坡陡峭不好走怎么办？她们想出了剥树皮垫路的办法，粗糙的树皮踩上去一点也不滑。就这样，"塔河五姑娘"赢了男青年突击队。没多长时间，"塔河五姑娘"受到了农一师团委和兵团团委的表彰，被授予"穆桂英小组"，还受到时任兵团司令员陶峙岳的接见。农一师《胜利报》、兵团《生产战线报》(现《兵团日报》)大篇幅报道了她们的事迹。1959年还拍了纪录片。出名后,很多人给姑娘们介绍对象。当时"五姑娘"中除了王世卿结婚外,其他人都未婚。大家相约,活一起干,婚也要一起结。在领导和热心人的帮助下,4名姑娘先后有了对象。1961年10月1日,4名姑娘的集体婚礼轰动了整个农场。农场给她们每人发了50元钱,办了一场热热闹闹的婚礼。

如今60多年过去了,她们年事已高,有的随儿女迁居内地,有的生活在新疆,有的已经离开了人世。

而我的家乡越变越美,感谢"塔河五姑娘",她们是屯垦戍边的巾帼英雄,她们身上的品质与担当精神永远激励着我们青少年,用实际行动热爱祖国建设家乡!

毛主席临危不惧

宝塔小学红领巾讲解员　李翌冉

在王家坪革命旧址里，有两孔石窑洞，是毛主席的办公室和寝室。伟大的毛主席在这里居住期间，正值中国革命处于两种命运、两个前途决战的关键时刻。1947年3月初，蒋介石、胡宗南向陕甘宁边区发动军事进攻，派大批飞机窜入延安上空轮番轰炸，在王家坪附近投下了许多炸弹。这时，毛主席仍镇静地坐在窑洞里工作。几个警卫员多次请他到防空洞里去，他总是说："不要紧，窑洞这么厚。"正说着，一个警卫员捡来一块弹片给毛主席看，他接过弹片在手里掂了掂，从容地说："噢，这个很好啊！可以打两把菜刀用。"3月16日，敌人付出很大代价后，进到了南泥湾一带，逼近延安的南大

门。当时情况紧急，大家劝毛主席早点离开延安。他笑着说："不要紧，来得及，大路朝天，一人半边，他走他的，我走我的，他在那个山头，我在这个山头，没有什么可怕的。"

3月18日，敌人已经占领了延安城郊的三十里铺及其以南地区，延安城内已清楚地听到前线传来的大炮声和枪声。彭德怀考虑到毛主席的安全，几次催他撤离，他说要看看胡宗南的兵是什么鬼样子再走。下午4点多钟，周恩来再次请毛主席动身。他说："好吧！吃罢晚饭再走！敌人要来就来吧！我们把窑洞打扫干净，桌椅放端正，茶壶茶杯摆整齐，让胡宗南知道延安是我们的，我们还要回来的。"晚8点，毛主席得知群众、干部、机关已全部安全转移了，才和周恩来等一起离开延安，踏上了转战陕北的征途，离开了他10年2个月零5天的家。亲爱的同学们，我们通过这个故事，要向毛主席学习面临危险从容不迫、毫不畏惧的精神。老一辈革命家以他们一生对理想信念的执着追求和坚守为我们树立了榜样。我们当代少年生逢盛世，也要肩负历史使命，坚定前进信心。立大志、明大德、成大才、担大任，努力成为堪当民族复兴重任的时代新人，让青春在为祖国、为民族、为人民、为人类的不懈奋斗中绽放绚丽之花。

红色基因代代传 ——"百宫千馆万校"少年儿童讲述党史故事

一件羊皮袄

于都中央红军长征出发历史博物馆小红星讲解员　谢肖潇

在中央红军长征出发纪念馆内，有一件厚重而破旧的羊皮袄。

它的主人叫曾广华，也是一位老红军。这件羊皮袄曾陪伴他爬雪山、过草地，经历枪林弹雨。2014年，老人的后人将它捐给了中央红军长征出发纪念馆。

曾广华是银坑镇琵琶村人。1932年，28岁的他在"扩红"运动中踊跃报名，成为一名光荣的红军战士。由于在战斗中表现出色，组织上把这件羊皮袄奖励给了他，他十分珍惜。

098 | 红色基因代代传 ——"百宫千馆万校"少年儿童讲述党史故事

长征过雪山时，这件羊皮袄救了曾广华的命。当时，他在夹金山山脚下遇到了一位老人，老人得知他要翻越夹金山，就叮嘱他："夹金山是座雪山，越往上越寒冷刺骨。翻山一定要多带衣服，在山上绝不能说不吉利的话，再累再冷也不能停下来。"

一路上，不断有战友倒下，永远地留在雪山上。曾广华裹紧他的羊皮袄，再悲痛、再疲惫也不悲观、不停步，最终翻越了雪山，也胜利地走完了长征。

1950年，在外从军18年的曾广华复员回到了家乡于都，他主动申请回家种田。回乡后的曾广华就是个最普通的庄稼汉，他将整个青春献给了革命，却从来没有向组织提过要求。他用实际行动教育后人要勤劳、本分、不贪心、严律己，踏踏实实靠劳动所得过日子。

1992年10月，红军老战士曾广华走完了他的一生，他留下的羊皮袄不仅见证了那段峥嵘岁月，见证了老红军艰辛的长征历程，也见证了新中国的诞生，更见证了一位老红军始终坚守的初心。

湘江血战之脚山铺阻击战

广西桂林市国龙外国语学校七年级学生　邓琳诗

　　1934年10月，中央苏区第五次反"围剿"失利后，中央红军主力被迫实行战略转移，进行长征。

　　1934年11月，在连续突破国民党军三道封锁线后，红军再往西走，就要渡湘江了。

　　蒋介石判断中央红军要过湘江，他动用了粤、湘、桂三省境内的国民党10个军近40万兵力，任命湘军何键为"追剿军"总司令，在湖南零陵至广西兴安之间湘江300里长的地段，布置起了第四道封锁线，而兴安、全州、灌

阳三点连线形成一个三角地带。湘军沿全州一带布防，桂军在兴安、灌阳一带布防，中央军及部分湘军尾追红军，形成一个口袋阵。

为了确保中央机关、军委纵队和后续部队安全渡过湘江，中央红军主力担任两翼掩护的红五军团、红三军团、红一军团分别在广西灌阳的新圩、兴安的光华铺和湖南全州的脚山铺进行阻击，成为湘江战役的三大阻击战。由于中央机关、军委纵队在"洋顾问"李德指挥下，带着坛坛罐罐，行动迟缓，红军阻击部队必须坚守四五天。面对兵力、武器都占有极大优势的敌军，红军阻击部队压力巨大！

脚山铺，又称觉山铺，担任右翼掩护的红一军团在此设立阵地阻击湘军，确保军委纵队渡江的界首渡口安全，同时阻断湘军沿着桂黄公路南下去与桂军会合。

湘军连续出动飞机、集中炮火对脚山铺一带红军阵地进行扫射轰炸，以"人海"波浪式攻击，迫使红军不断收缩防线。战斗先后在桂黄公路两旁的皇帝岭、尖峰岭、冲天凤凰岭、美女梳头岭、米花山、怀中抱子山等展开，红军还未能构筑起工事，敌人就冲了上来，短兵相接。红五团两个连在短时间内即伤亡殆尽，团政委易荡平身负重伤，面对蜂拥而至的敌人开枪自杀决不当俘虏！敌军攻势不减，正在患疟疾的红四团团长耿飚硬撑着率团部人员猛甩手榴弹，也未能打退，直至他带头迎敌、举刀格斗，才压制住敌人。红四团政委杨成武组织部队穿越公路赶去支援，被子弹打中右腿，先后几位战士抢救他，都中弹负伤，最后是二营副营长带一个班的战士压制住敌人的火力，

才把杨成武拖离公路。

　　一股湘军趁红一军团调整阵地之机，竟然冲到了红一军团指挥部附近，幸亏警卫员及时发现，军团领导林彪、聂荣臻、左权率指挥部人员一边战斗一边紧急转移。

　　几天的激战，红一军团付出了惨重的代价，牺牲了3000多人，包括团级干部多人，团级以下干部则难以计数。但红军终于顶住了湘军的疯狂进攻，确保了中央机关、军委纵队和后续部队安全渡过湘江。

湘江战役，虽然突破了国民党军第四道封锁线，但中央红军损失过半。广大指战员经此战认识到"洋顾问"李德的瞎指挥要不得，才有了以后一系列中共中央政治局会议。确立了毛泽东的领导地位，中央红军历尽艰辛，最终胜利完成长征。

战火硝烟散去，在和平幸福的今天，我们讲述、铭记这些红色党史的故事，让红色传统、红色记忆、红色基因根植于我们心中，打下永远听党话，铁心跟党走的深厚根基。

飞夺泸定桥

红军飞夺泸定桥纪念馆小小讲解员　泽仁尼玛

红军在 1935 年 5 月渡过金沙江后，沿太平天国翼王石达开走过的地方向大渡河一带前进。蒋介石立即调集中央军和地方军前堵后追，部署大渡河会战，他断言："大渡河天险，是翼王石达开的覆没之地，共军断难飞渡，必将作为第二个石达开！"

红军于 5 月 24 日上午到达安顺场，朱德随即签发了关于十七勇士强渡大渡河的命令。5 月 25 日，十七勇士在聂荣臻、杨得志的指挥下，成功控制了河对岸的渡口。

十七勇士强渡大渡河以后，面临的问题是紧靠渡口的三只小木船来回摆

渡，红军三万人马迅速渡河最少需要一个月，蒋介石的部队前堵后追，离红军没有几天的路程了。5月26日，毛泽东、朱德当机立断，决定中央红军主力兵分两路，夹河而上，相互策应夺取泸定桥。已渡河的红一师和干部团由刘伯承和聂荣臻指挥，沿大渡河东岸前进。林彪率领的军团二师和四军团为左纵队，沿大渡河西岸前进。两军夹江而上，相互策应夺取泸定桥。

5月27日清晨，红四团接到命令后从安顺场出发，安顺场到泸定桥有320里，行军80余里后到达石悦平，并在此宿营。但这个时候，部队再次接到命令，原定部署提前一天，要求在5月29日夺下泸定桥。部队一面行军，一面召开紧急动员会，及时传达上级命令。全团战士坚决执行党的命令，走完240里，这气壮山河的口号，成为全团的信念和目标。紧急动员会的工作刚刚结束，部队已经接近石棉与泸定交界的猛虎岗。它是去泸定桥的最后一道关口，红四团在这儿利用大雾的掩护，击溃敌军一个营，进入泸定县境。在与敌军交火一分一秒都十分珍贵的情况下，整整耽误两个小时修好了被敌人炸毁了的雅家埂河上的桥。

红军一口气飞奔四五十里，于28日傍晚来到了大渡河边的奎武村，此处距离泸定桥还有80里。这时天突然电闪雷鸣，下起了倾盆大雨，部队一天没

红军飞夺泸定桥

红军飞夺泸定桥纪念馆

泽仁尼玛

有吃饭了，只能靠生米、雨水充饥，加上泥泞道路更是走不快了。有些红军战士疲惫到极限，走着走着就在原地睡着了，后面的战士推一下继续前进。红军于5月29日凌晨抢先在敌人增援之前到达泸定桥。红军一昼夜急行军240里，创下了人类体能和意志的极限！

下午4点，23名勇士身挂冲锋枪，背插马刀，腰缠十来颗手榴弹，冒着枪林弹雨，一手抱木板，一手抓着铁链，边前进边铺桥板。当勇士们爬到桥中间时，敌人在东桥头放起大火，妄图以烈火阻击红军夺桥。勇士们面对这突如其来的烈火，高喊"同志们，这是胜利的最后关头，鼓足勇气，冲过去！莫怕火，冲呀！敌人垮了，冲呀！"廖大珠一跃而起踏上桥板，扑向东桥头，勇士们紧跟着也冲了上来，抽出马刀，与敌人展开白刃战。此时政委杨成武率领队伍冲过东桥头，打退了敌人的反扑，占领了泸定城，迅速扑灭了桥头大火。整个战斗仅用了两个小时，便奇绝惊险地飞夺了泸定桥，粉碎了蒋介石欲借助大渡河天险把红军变成第二个石达开的梦想。泸定桥因此而成为中国共产党长征时期的重要里程碑！

金沙水拍云崖暖，大渡桥横铁索寒。正是红军战士不怕牺牲之精神，坚决跟着党走，才造就了我们今天的幸福生活！激励着我们一代又一代年轻人奋勇向前！

小青马

延安宝塔区宝塔小学三年级（6）班　王佳晶

红军到达延安后，我们还没有汽车，中央首长外出全靠骑马或者步行。毛爷爷特别忙，经常外出，中央机关就派人到很远的草原上，给毛爷爷挑选了两匹马。一匹是小青马，另一匹是小红马。送马的老乡说，这两匹马都属于川马品种，也就是四川的马。这种马个头小，但力气很大，跑起来，速度很快，也很灵活。因为个头小，腿就短，跑起来起伏小，很平稳。马的性格也温驯、老实，特别听话。中央便决定把小青马留下来，给毛爷爷使用。

1947年国民党进攻延安，毛爷爷转战陕北骑的就是小青马。毛爷爷对小青马十分爱惜，遇到难走的路，就下马步行。有一次，小青马的马掌掉了，

毛爷爷生怕把马蹄子磨坏，就不骑马，坚持步行。小青马很通人性，特别懂事，部队出发时，它就四蹄直立，马头高仰，像整装待发的战士一样，等待它的主人，一旦抖动缰绳，它就会扬蹄飞奔。小青马对毛爷爷特别温顺，只要一见毛爷爷，就会发出欢快的叫声。毛爷爷骑马的时候，小青马特别留神，无论走还是跑，它都十分小心，走得特别平稳。

1949年3月，党中央进驻北平后，小青马作为军功马送到北京动物园，由老红军周根山精心饲养。小青马随着年岁的增长，毛色渐渐变白成了一匹老白马。1962年，小青马老死，人们为了纪念它，就把马皮制成标本保存。1964年8月，延安革命纪念馆派人到北京将它运回延安，作为国家一级文物在延安革命纪念馆展出。人们一看到这匹马，就会情不自禁地吟诵起徐锁写的诗。

"看着毛主席骑过的骏马，
革命的豪情迸出火花，
战斗的风云滚滚而来，
马蹄的声音在耳边敲打……"

今天，看到小青马，我们就会想起延安13年艰苦岁月，就会好好学习，更加珍惜今天的幸福生活。

中国共产党领导下最早的少年儿童组织
——安源儿童团

江西省萍乡市安源学校八年级5班　袁添祺

学好党的历史，传承红色基因。大家好！我是来自萍乡安源学校的袁添祺。接下来我要为大家讲一讲关于"红领巾"的故事。我胸前的红领巾是少先队的标志，代表着红旗的一角，烈士的鲜血。大家知道吗？少先队的前身是安源儿童团，而红领巾则象征着安源儿童团在艰苦的环境中一腔热情投入革命事业，经历了血与火的考验。当年由7个孩子组成的"安源儿童团"是中国共产党领导下的第一个少年儿童革命组织，它开创了中国共产党领导下少年儿童组织运动的先河，安源也因而成为中国少年先锋队诞生的摇篮。如

今，这七颗种子已发展成拥有 1.3 亿名少先队员的中国少年先锋队，"星星之火"燃遍了祖国大地，它在中国少年儿童革命运动史上写下了光辉的一页。

那么安源儿童团是如何诞生的呢？中国共产党成立后，毛泽东、刘少奇等革命家先后来到安源开展工人运动，创办工人补习夜校，犹如一盏暗夜明灯，让工人们看到了曙光。夜校的创办同样引起了小矿工们的好奇心，他们常常扒着门缝偷听讲课，听教员说着"工人生活不好不在命，在于资本家的压迫"，慢慢懂得了团结抗争才有希望。并且，在中国共产党的领导下成立了第一个少年儿童革命组织——安源儿童团。安源儿童团以小矿工和工人子弟为主要成员，以站岗、放哨、传送信息为主要任务，在党的领导下，配合俱乐部开展游行和纪念活动等。这是中国共产党领导下的全国第一个少年儿童组织，也是中国少年先锋队的前身。

在中国共产党一百周年华诞到来之际，我们少先队员更加认识到今天的幸福生活来之不易，我们要努力学习，争做新时代的好少年！

红色基因代代传 ——"百宫千馆万校"少年儿童讲述党史故事

当年由7个孩子组成的"安源儿童团"

痛苦的抉择

抗大陈列馆小小讲解员　刘岚臻

中国人民抗日军政大学简称"抗大"。它是中国共产党领导下人民军队教育的最高军事学府。它初创于陕北，后随形势的发展辗转敌后办学。在浆水办学两年零三个月，在此期间发生了很多可歌可泣的感人故事。

程克是抗大女生连连长。1942年5月，日寇对太行太岳等抗日根据地进行梳篦式"大扫荡"，抗大总校成为日寇"扫荡"的重要目标。校首长得知这一情况之后，首先安排群众转移。此时，程克接到的任务是带领抗大医院的六位男伤员转移，当时，她已怀有身孕即将分娩。身旁的男同志看了看她说："要不我们背你走吧。"程克要强地说："别别别，你们身上的东西已经够重

了,不能给你们增加负担,这样吧,你们帮我背着包吧。"男同志看了程克肿胀的双腿,脚都磨出了血,无奈之下只能跟着她继续转移。就这样,他们一路奔波,沿着狭窄的小路走着。

他们走到一处山崖下,程克突然感到阵阵疼痛,她疼得直冒虚汗,慢慢蹲了下来。大家焦急地问:"连长,你怎么了?""孩子,怕是要出生了。"六个男人赶紧把程克抬进了山洞,石洞里昏暗潮湿,除了石头连滴水都没有,同志们面面相觑却又无可奈何,谁也不知道该怎么办。程克背靠山石,四下望望,身边没有一个医生、护士,只站着六个男战士,肚子一阵阵的剧痛越来越强烈,在那一刻,一向刚强的程克真想大哭一场。忽然山下敌人搜山的喊叫声越来越近,阵阵加剧的腹痛折磨得程克原地翻滚,她紧紧咬住战友们递给她的木棍,没有发出一声呻吟。这时有人警觉地问,孩子出生了怎么办?大人可以不出声音,孩子把敌人引来了怎么办?程克无奈地闭上双眼,大颗大颗的汗水混合着泪水从脸上流下。疼痛几乎让

痛苦的抉择 | 115

她昏厥，可是此刻她却无比清醒。敌人漫无目的的搜山，让程克明白，如果孩子出世啼哭一声敌人立刻会断定山上有人，到时候这里的七条性命就难以保全。怎么办，怎么办，怎么办？新生命的降生是无可避免的，战友们背过身去站成一排，伴着一阵撕心裂肺的剧痛，孩子降生了。是一个又白又胖的男孩儿，长得像极了他的父亲。这时程克用尽了全身的力气，用自己的手紧紧地捂着孩子的口鼻……时间就这样一分一秒地过去了，山下的鬼子也渐渐远去，而她刚刚出生的孩子没有发出一声的啼哭，就永远地离开了母亲。这位伟大的母亲做出了自己一生最痛苦的抉择。

　　程克是一位伟大的母亲，她像全天下母亲一样，疼爱着自己的孩子。为了保护学员的安全转移，她亲手结束了孩子的生命。这种大爱，为的是民族，为的是国家，为的是初心和信仰！

一颗没有射出去的子弹

四川省阿坝藏族羌族自治州若尔盖县达扎寺小学三年级三班
昂旺江措

我的爷爷是一位老红军，
他留给了我一颗金灿灿的子弹。
给我讲述了一段震撼的往事。
在直罗镇战斗中，
东北军一〇九师几乎被红军全歼。
残余敌军逃出了重围，
在山坳里抓到了一个红军的伤病员。

一颗没有射出去的子弹
讲解：四川省阿坝藏族羌族自治州
若尔盖县达扎寺小学：昂旺江措

这个小红军只有十五六岁，他稚气未脱衣衫褴褛，

军装上那斑斑血痕像迎风绽放的山丹丹。

"小共匪，还不跪下？"

敌人向他瘦小的身躯挥舞着皮鞭。

小红军昂起他那不屈的头颅，

"哼！想让红军下跪？真是瞎了你的眼！"

"小东西，看我不毙了你！"

敌人向小红军拉动了枪栓。

"等一等，你们别用枪打死我，最好改用刀砍！"

这真是一个奇怪的请求，

惊呆了的敌人一片哗然。

"你这是啥意思？说，你为啥非要用刀砍？"

"你们不知道白山黑水狼烟四起？

你们不知道日寇已经占了家园？

咱们的父母惨遭蹂躏，

咱们的姐妹已被凌辱强奸，

咱们是同根同种的中国人,

为啥不打日寇,却来手足相残?

今天,你们用刀砍死我,好省下这颗子弹,

回东北打日寇,

为咱们的骨肉同胞报仇雪冤!"

一席话,黄土高原听惊雷,

一席话,九曲黄河起狂澜。

这些五大三粗的关东汉子如梦初醒,

齐刷刷地跪倒在了小红军面前。

为首一人擦去滚落腮边的泪水,从枪膛里退下了这颗子弹。

"弟兄们,从今天起咱们就投了共产党,

杀敌报国,苍天可鉴!

弟兄们,上马!

目标——延安!"

恒里岩惨案

百色起义纪念馆红领巾志愿讲解员　唐依依

他们是历史的见证,他们是中华民族的英雄,光辉的历史和英雄的荣光需要传承。"弘扬革命精神　担当传承使命"——我是百色起义纪念馆红领巾志愿讲解员唐依依,我把红色故事讲给您听。我讲的故事是《恒里岩惨案》。

红七军主力离开广西后,敌人对右江根据地进行了疯狂"围剿",数以万计的群众被杀害,许多村庄被烧毁。1931年初,凤山县苏维埃政府机关、红军一个连和恒里乡的村民大约1000人,撤退到了地势险峻的恒里岩,与敌人进行了长达8个多月的艰苦斗争。

战斗一开始,敌人就用迫击炮猛烈轰击,用重机枪疯狂扫射。红军战士和乡亲们视死如归,他们的武器不多,就用石头、木棒和一切能利用的东西,打退了敌人一次又一次的进攻。最后敌人只能对恒里岩长期围困,洞内缺水缺粮缺药,条件非常恶劣,红军和乡亲们的身体受到了极大的摧残。

后来,丧心病狂的敌人搬来几万担柴草堆在恒里岩洞口,中间还掺着几十担红辣椒,就这样放火燃烧。大火整整烧了七天七夜,恒里岩内的红军和乡亲们很多都被熏死了。坚持了8个多月的恒里岩,最终还是被敌人攻破了,但留在洞里的英雄们宁死不屈,跟敌人搏斗到最后一刻。

在这次长达8个多月的惨烈的恒里岩战斗中,共有370多名红军战士和乡亲壮烈牺牲。

恒里岩惨案 | 121

红色基因代代传

中央红军长征出发纪念馆小红星讲解员　肖一博

现在咱们看到的是中央红军长征出发纪念碑，纪念碑高19.34米，底座边长10.18米，象征着中革军委、中央机关、中央领导由1934年10月18日在此渡河出发。碑身为双帆船造型，象征着中央红军从此扬帆出征。碑座上的巨型浮雕，分别以"集结于都""渡河出发""倾情奉献"为主题。

1934年10月18日傍晚，中革军委、中央机关、红军总部以及毛泽东、朱德、周恩来等中央领导，就是从这里迈开二万五千里长征的第一步。

接下来请大家随我参观中央红军长征出发纪念馆。

据统计，于都有6.83万余人参加红军，10万人支前参战，其中参加长征

的就有 1.7 万余人，到新中国成立后仅剩 277 人，现在能查找到留下姓名记载的烈士约 1.6 万多人！

这幅中国地图是由 80 双草鞋组成的，小的五角星代表于都，大的五角星代表的是我们的首都北京。在 80 多年前，红军战士就是脚穿这样的草鞋，一走走了二万五千里，走出了一个全新的中国。

"唱支山歌给党听，我把党来比母亲，母亲只生了我的身，党的光辉照我心。"

我们要学党史，感党恩，传承红色基因，发扬长征精神，走好新时代的长征路！

半碗炒鸡蛋

吴起中央红军长征胜利纪念园红领巾讲解员　鲁思语

在吴起革命纪念馆的展厅中,有这样一组雕塑,引得无数游人在此驻足,雕塑的名字叫:半碗炒鸡蛋。

1935年10月21日在吴起镇切尾巴战役中,有位受伤的红军战士被送到彭沟门的一所战地医院里。有位老妈妈,每天都到这所医院帮助护理伤病员。当红军战士被送到医院时,老妈妈觉得他像极了自己刚刚在战斗中牺牲的儿子,于是老妈妈便片刻不离地守护在这位红军战士的身边。

在接下来的几天里,红军战士一直在醒与不醒、好与不好的状态中度过。突然有一天,红军战士的病情看起来似乎好了许多,那双多少天都不曾真正

延安吴起中央红军长征胜利纪念园红领巾讲解员 鲁思语

睁开的眼睛，猛然间看起来亮了许多。老妈妈的心里着实高兴了一番，喜极而泣地附在红军战士的耳边说道："娃娃，你终于醒了，快告诉大娘，你想吃点儿啥？"

红军战士，沉思了片刻，轻声说道："小时候，妈妈炒的鸡蛋真香呀，那是这辈子我吃过最好吃的东西……"不等红军战士把话说完，老妈妈便提着每天为他送饭的竹筐，迈着小脚，快步走出了医院。老妈妈心里清楚地知道，这个季节的鸡根本就不下蛋，况且吴起地广人稀，鸡蛋对于当地的老百姓来说是最为奢侈的营养品。可老妈妈依然翻沟下洼跑遍了附近所有的村庄，终于找回四颗鸡蛋，老妈妈把做好的鸡蛋一路小跑送到医院时，战地护士告诉她，红军战士已经走了。

老妈妈看着红军战士安详地睡着，脸上还露着一丝微笑，就像又失去一个儿子一样，老妈妈顿时感觉天旋地转。老妈妈端着还冒着热气的半碗炒鸡蛋，舀了一勺递在红军战士的嘴边说道："娃娃呀，吃点儿吧，这是你爱吃的炒鸡蛋呀！"说着眼泪再也藏不住地流了下来。老妈妈和战地护士哭着掩埋了红军战士，没有棺木，没有寿衣，只有坟堆前那半碗红军战士再也来不及吃的炒鸡蛋。

硝烟早已散去，战争已成往事。但巍巍胜利山，滚滚洛河水，一代一代的吴起人民不会忘记曾经的艰难岁月，不会忘记在这块土地上为老百姓抛头颅洒热血的革命烈士们。他们的血肉和精神已经融入这广阔山河里，融入我们每个人的血脉里。

胜 利 曙 光

四川省阿坝藏族羌族自治州若尔盖县中学初三五班　贡秋机

　　1935年8月，当红军长征穿越草地，来到班佑村时，不少红军战士缺乏食物，体力不支，在此等待后续部队。就在等待中，700多名红军战士，背靠背坐着牺牲了。这一幕深深地印在了时任红三军11团政委王平将军的脑海里，班佑烈士纪念碑上，镌刻着他的回忆："走到河滩上，我用望远镜向河对岸观察，那边河滩上坐着七八百人。我先带通讯员和侦察员涉水过去看看情况。一看，哎呀！他们都静静地背靠背坐着，一动不动，我逐个查看，全都没气了。我默默地看着这悲壮的场面，泪水夺眶而出。多好的同志啊，他们一步一摇地爬出了草地，却没能坚持走过班佑河，他们带走的是伤病和饥饿，留下的却是曙光和胜利……"

红色基因代代传 ——"百宫千馆万校"少年儿童讲述党史故事

韦岗初战凯歌还

新四军纪念馆小小讲解员　朱玥彤

新四军成军整训之初，中共中央对新四军的任务和行动方针作了一系列指示，要求新四军广泛开展游击战争。1938年4月28日，粟裕率先遣支队从皖南岩寺出发，日夜兼程，穿越日军数条封锁线，于5月19日顺利深入苏南敌后，进行战略侦察，为主力进入苏南敌后做准备。

美丽的江南已沦陷半年有余，日本侵略者在这里烧杀抢掠，无恶不作。而一些所谓的"游击队"，则是由地痞、流氓或者逃兵组合成的乌合之众，匪中有兵、兵中有匪，专门欺负老百姓。先遣队进入江南后发现，江南百姓谈"日"色变，白天怕日寇，天黑怕打劫，已对抗战不抱希望。面对失望、寒心

的老百姓，新四军需要做的就是尽快和日军打一仗，让江南民众了解新四军，重新鼓起抗战的信心。

进入江南的第一仗，可谓一举千钧，而且一定要打个胜仗以壮我军威、重振民心。那么在哪里打呢？司令部通过侦察，发现日军预备向武汉进攻，正不断地调兵遣将，日军的运输车队在南京至镇江的公路上频频出没。这一带是丘陵地带，非常适合打伏击战。指战员们经过一番讨论研究，认为韦岗距镇江10公里，与句容交界，附近崇山峻岭，地形险要，便于埋伏，且没有日军据点，是伏击日军的好地方，于是先遣支队对日寇的第一战就确定在韦岗打响。

6月17日天还没亮，粟裕就带领着仔细挑选出来的精干人员悄悄进入了伏击地点。尽管大雨如注，但恶劣的天气无法阻挡英勇的战士们。

8时左右，战士们发现一辆日军汽车驶来，但因为侦察班机枪还没部署好，虽将日军汽车汽缸击穿，但汽车仍向前猛驶，致使该车敌人逃脱。8点20分，又一批日军车队出现了，先是一辆黑色轿车，紧跟着四辆卡车。很快五辆汽车进入了伏击区。

随着粟裕高喊一声"开火！"，侦察连的机枪手一阵扫射，配合手榴弹一

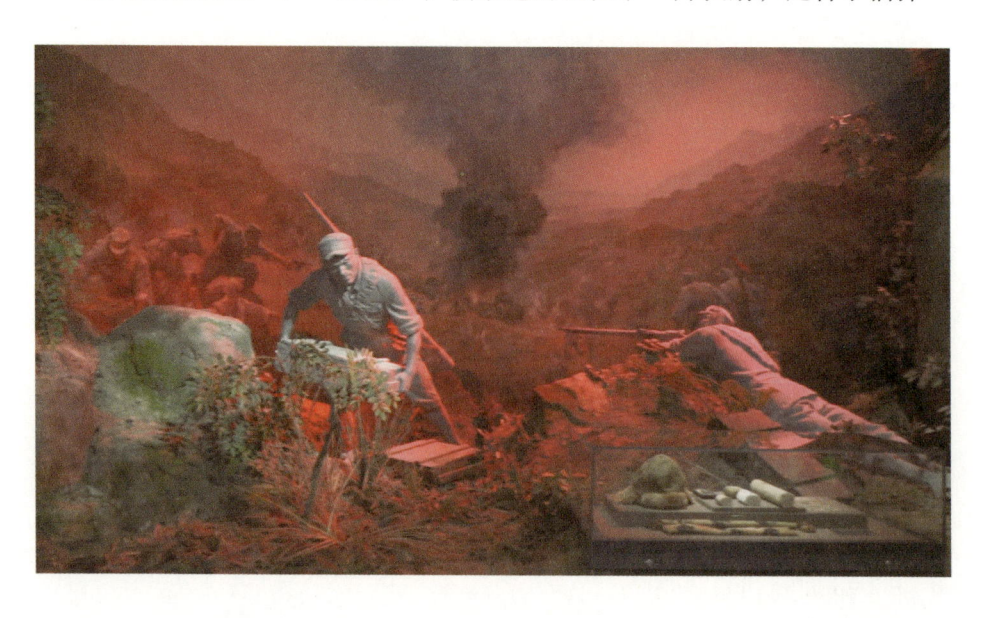

阵弹雨，为首的日军驾驶员瞬间被打成了筛子，敌车失控翻倒在地。后面的四辆汽车一辆接一辆地急刹车，等待他们的是新四军密集的火力网。侵占江南多时的日寇对于新四军的伏击一点思想准备都没有，平时他们哪怕三两个士兵，也可大摇大摆地到处走动。突如其来的攻击打得日寇一片混乱，"不可战胜的皇军"死的死、伤的伤，中弹的鬼子兵倒在地上挣扎打滚，场面甚是狼狈。

这次歼灭战，共击毙日军13人，伤日军8人，击毁汽车4辆，缴获长短枪20余支及一些军用品。

原本万无一失的运输车队在韦岗被全歼，在日军看来是不可想象的事情，待到日军的援兵赶来，粟裕早已带领先遣支队安全撤离伏击区。恼羞成怒的侵略者还以为江南开进了中国的大部队，于是出动了飞机坦克，还有17卡车的士兵，准备大战一场，没想到连中国军队的影子都没看到，只得空手而归。

韦岗战斗虽然算不上一次规模很大的战斗，但这一仗如地震一般，在江南各界产生了巨大的影响。它不仅击破了"日军不可战胜"的神话，令江南民心大振，同时也壮大了新四军的声誉，让老百姓更加了解、相信这一支救国救民的军队。陈毅接到捷报，激动兴奋之余，当即赋诗祝贺：

> 弯弓射日到江南，终夜喧呼敌胆寒。
> 镇江城下初遭遇，脱手斩得小楼兰。

血染的凤凰嘴渡口

广西桂林全州县三中八年级学生　杨懿卉

　　凤凰嘴渡口位于广西全州县凤凰镇湘江与建江的交汇处,地形恰似一只凤凰的尖嘴,两水间沙洲上的小村庄如凤凰的眼睛;湘江东岸的天子岭,则是一只硕大无朋的凤凰,正俯首濯缨,当地人把这里叫作凤凰嘴。下面讲述1934年湘江血战中中央红军强渡凤凰嘴渡口的惨烈状况。

　　1934年9月初,任弼时、萧克、王震率长征先遣队红六军团从凤凰嘴渡口上游建安司旁的董家堰涉渡。横穿桂黄公路,翻越老山界,北上湘西黔东,与贺龙的红二军团胜利会师。11月30日晚,正是湘江战役最趋白热化之

际,桂、湘军阀南北夹击,急欲封锁湘江通道。而此时,由于中央和军委机关的两个纵队辎重缠身,行动迟缓。红军 12 个野战师中还有 8 个师未能完成全军在 30 日全部渡过湘江的原定计划,形势危急。中革军委发给各军团的多个电文开首都是"十万火急""万万火急"。12 月 1 日凌晨 3 点,中央局、军委、总政部联名给红军主力一、三军团下达了指令:"一日战斗,关系我野战军全部……我们不为胜利者,即为战败者……胜负关全局,人人要奋起作战的勇气,不顾一切牺牲……望高举着胜利的旗帜,向着火线上去。"既是作战命令,又是思想动员和政治命令,战况已到千钧一发之际。红八军团原定跟随中央机关之后从界首浮桥过江,但这时,湘江上游的浮桥已被炸毁,12 月 1 日凌晨 1 点 30 分,中革军委命所有湘江以东部队连夜过江。当日,中央红军第九军团第二十二师、红五军团第十三师、红八军团先后急行军至凤凰嘴一带便于涉渡的涉渡口过江。

在 1 日下午赶到湘江边的红八军团属于最后一支渡江部队,损失特别惨重。八军团在赶往凤凰嘴渡口的途中,为了掩护五、九军团在杨梅山与桂军之追敌发生激战。之后边打边退,在凤凰嘴与建安司抢渡湘江,遭敌机狂轰

滥炸，死伤无数。特别是紧追而来的桂军，在东岸用机枪疯狂扫射，正在刺骨江水中涉水抢渡的将士纷纷倒下，鲜血把一江水都染红了。过江后的部队在湘江边李家村竹林里隐蔽时又遭敌机轰炸，据凤凰镇 99 岁老人蒋济勇回忆道："天上飞机轰炸，地面有机关枪扫射，渡江红军的遗体有的被江水冲走，还有很多堆积在岸边，竹林枝丫上也挂着血肉残片。"待翻过老山界，万余人的八军团仅剩 1200 余人，在贵州黎平缩编成一个团，编入五军团，八军团建制被撤销。

　　硝烟之后，李家村等周边群众在湘江边掩埋了三天烈士遗体，他们中有许多已沉入江底。在下游全州城北一个叫岳湾塘的江湾处，尽是顺流而来的红军尸首。"英雄血染湘江渡，江底尽埋英烈骨。三年不饮湘江水，十年不食湘江鱼。"

血染的凤凰嘴渡口 | 135

探寻伟大的苏区精神

华融瑞金希望小学六（2）班　张格

武夷西陲，赣江源头，有一片美丽、神圣的红土地，她就是闻名中外的红色故都、共和国摇篮、中央红军长征出发地——江西瑞金。1931年11月，中华苏维埃第一次全国代表大会在这里召开，宣告成立中华苏维埃共和国临时中央政府，它是中国共产党领导建立的第一个全国性红色政权。这里没有巍峨的宫殿，只见朴素的泥墙；没有精致的器物，只有简陋的居室；一间陋室一个部委，一个村庄就是一国首都。这里郁郁葱葱的古樟树，见证了中国共产党艰苦奋斗的初心。

从此，苏区人民开始了当家作主的新生活，年轻的中国共产党开始了治

国理政、执政为民的伟大预演。中央苏区组织群众进行革命战争,深入开展土地革命,开展经济建设,发展文化教育,保障民主权利,推进社会治理,改善群众生活。苏区各项事业得到了开创性的发展,党的初心和使命在这里得到磨砺和淬炼。

一口红井水,哺育代代人。当年的沙洲坝干旱缺水,田地缺水,人畜无水饮用,生活条件非常艰苦。1933年9月,毛主席带领干部群众,亲手开挖了这口井,为了使井水更清澈,毛主席还亲自下到井底铺沙石、垫木炭。有了这口井,沙洲坝群众终于告别了饮用脏塘水的历史,喝上了清澈甘甜的井水。"吃水不忘挖井人,时刻想念毛主席。"这口红井,就是共产党人一心为民的生动缩影。

2011年11月4日,习近平爷爷在纪念中央革命根据地创建暨中华苏维埃共和国成立80周年座谈会上指出:"在革命根据地的创建和发展中,在建立红色政权、探索革命道路的实践中,无数革命先辈用鲜血和生命铸就了以坚定信念、求真务实、一心为民、清正廉洁、艰苦奋斗、争创一流、无私奉献等为主要内涵的苏区精神。这一精神既蕴涵了中国共产党人革命精神的共性,又显示了苏区时期的特色和个性,是中国共产党人政治本色和精神特质的集

中体现,是中华民族精神新的升华,也是我们今天正在建设的社会主义核心价值体系的重要来源。"

"昔日红都迹尚留,公房简朴范千秋。"少先队员们,我们要牢记习近平爷爷的教导,听党话,跟党走,传承红色基因,弘扬苏区精神,让苏区精神历久弥新、永放光芒!

扎根大地的红梢林

陕西延安职业技术学院附属小学（马文瑞红军小学）五年级十二班　李乐轩

在西北局纪念馆的第二展厅，有这样的一组场景复原，三个候选人坐在桌子前，旁边站着监票人，桌子的后面是选民。桌子上放着几个残缺了一角的碗，从外形来看，这就是个普通的碗，碗口边沿的残缺也已经很明显了，但它却见证了一段珍贵的红色记忆。那它的用途到底是什么呢？这就要从80多年前的一次会议说起。

那是1934年初冬，以南梁为中心的陕甘边区革命根据地决定筹建苏维埃政府。可是，到底该怎么选举呢？要知道，那时根据地老百姓们的整体文化水平还是很落后的。而且黄土高原之上，沟沟壑壑的，交通也很不方便，于是有些同志就提出来：这种情况，搞什么选举？要什么民主？可刘志丹并不这么想，他认为人民的政府一定要人民群众自己来选，坚持从基层就要投票选举，为此，他们想到了一个很特别的方法。

> 投豆选举
>
> 陕甘宁边区在民主政权建设中，实行了普遍、直接、平等的选举制度。从1937年到1945年，边区先后进行了三次大规模的民主选举运动。
>
> 民主选举运动中，边区群众在投票方式上创造了一套灵活简便又切实有效的选举办法。识字的采用票选，识字不多的用画圈、画杠、画点的办法，不识字的用投豆子、烙票点洞等方法。投豆选举时，候选人身后放一个碗，选民愿选哪个人，就把豆子投到哪个人背后的碗里。为了公平，不得罪人，投豆的时候，有的选民故意穿长袖子衣服，从每个碗边都划过去，让旁边的人看不清到底投了谁的票。投完豆子后，谁碗里豆子多谁当选。

　　11月4日，陕甘边工农兵代表大会正式举行选举。那天，100多位代表参加了选举，他们手里没有选票，但每个人却都握着一颗黑豆。那100多双手有的结满了老茧，有的指缝里还留着泥土，他们都是深爱着这片土地的人们，而手中的那颗黑豆，是他们的一个个心声，一份份希望。在大会主持人的组织下，100多位代表按顺序走上了主席台，把手里的黑豆郑重地投进了我们眼前看到的碗里。我在想，这个过程中，他们的心情肯定是紧张的，或许还有更多的激动。小小的黑豆就这样被赋予了生命的力量，只是长出来的不是庄稼，而是一个属于人民自己的政府。

　　在这次会议上，习仲勋当选为陕甘边区苏维埃政府主席，那年他只有21岁，老百姓们亲切地叫他"娃娃主席"。而他，也深深地知道，这碗里装着的黑豆是人民群众满满的信任，而自己所能给予这份信任最好的回馈，就是实实在在为维护人民群众的利益去工作。在担任主席期间，他主持发行边币、组织集市、创建学校，这桩桩件件的事情，都办到了老百姓的心坎里，怎能不叫老百姓们欢喜。后来，毛主席更是称赞习仲勋是"一个从群众中走出来的领袖"。

　　习仲勋这种始终把人民群众放在心里的工作作风，一直影响着他此后的

革命事业。后来，在担任环县县委书记期间，他从来不搞特殊化，始终坚持和人民群众打成一片，一起吃糜子面的窝头，一起住简陋的窑洞，而这真心和付出换来的是老百姓的追随和拥护。这种一心为民，面向群众的工作路线正是南梁精神的根基，更是我们党在长期革命实践中形成的群众路线的重要组成部分。

　　我的家乡在陕西，黄土高原纵横的沟壑间很难看到高大的林木，更多的是匍匐在地上的灌木丛，当地人称其为梢林。但它们能挺得住狂风，扛得过干旱，即使环境再严酷，也总能给大地一片勃勃生机。因为，它们把根深深地扎在了脚下的泥土里。而习仲勋和陕甘边区的创建者们，也正是把共产党员的根深深地扎在了人民群众当中，让党旗的红色，让热血的红色，尽染山峦沟壑，让这秋日的梢林更红，更美！

查 路 条

瑞金市解放小学六（4）班　朱筱

　　1933年深秋的一天，家住瑞金叶坪的小狗子光荣地加入了儿童团，主要任务是帮助村民识字，站岗放哨查路条。

　　当年，国民党军队为了进行更大规模的军事"围剿"，经常派探子到苏区刺探情报。为了防止敌人的密探混进苏区，儿童团员连晚上都不休息，轮流站岗。那天，轮到小狗子站岗，天刚蒙蒙亮，他就叫上二蛋、长秀出了门，雄赳赳地扛着红缨枪，站在大路口，一丝不苟地盘查着南来北往的人。

　　这时，他看到一位派头特殊的汉子，人高马大，头戴草帽，口袋里鼓鼓的，不知装的是什么东西。这立刻引起了小狗子的警觉，小狗子大喝一声：

"站住！"走到他跟前，"有路条吗？""什么？路条？"那人摸了摸口袋，半天没找出来，尴尬地说："小朋友，你看我走得急，忘带咯！体谅一下，让我走吧！"正想走，二蛋用红缨枪拦住道："没有通行证，你不能走！""啊！"他摸摸裤子口袋，掏出两块糖，笑嘻嘻地说："小朋友，放我走吧，我给你糖吃！"长秀瞪了他一眼，把手一挥，大声地说："谁稀罕你的糖，没有通行证，谁也别想走！"

"对了，跟我到村苏维埃政府杨主席那里去。"小狗子怕他跑掉，两手紧紧握着红缨枪，把"枪尖"指着他的后腰，指东，他往东走，指西，他往西行。弯弯曲曲走了一里地，到了杨主席家门口。小狗子扯开嗓子喊："杨主席——杨主席——"只见杨主席一愣，抬头一望，急急忙忙地把锄头往墙根一扔，将手往衣服上擦了又擦，三步并作两步来到大门口，"哎哟，毛主席，你怎么来了？快到屋里坐！"这时毛主席开玩笑地说："现在我是被押之人，怎好到你家坐！""误会，误会，请主席原谅。"杨主席内疚地说，并教训小狗子他们："你们这些死小鬼，这是毛主席，看我等下不打死你。""别——别——老杨，我不是要批评他们，而是要好好表扬这几位给糖不吃、只认通行证不认人的好儿童团员。"毛主席笑着赞美小狗子他们，"啊？毛主席。"三

个人不好意思地对望，伸了伸舌头扛着红缨枪拔腿就跑，一口气跑回了岗位上。

后来听杨主席讲，毛主席是特地到各村检查反"围剿"工作准备情况的，他夸咱村备战工作搞得很好，还提出了表扬呢！

当年，正是这些一丝不苟的儿童团员，不放过任何没有路条人员，才使苏区军情得以保密。

"红军楼"的故事

甘肃省泾川县第三小学少工委　信歌

红军楼,从这个名字我们就不难理解,它一定是和红军有关系的。一说到红军,我又自然想到了中国革命史上那场伟大的壮举——长征。那场由中国共产党领导,红军战士们以非凡的智慧和大无畏的英雄气概,战胜千难万险,付出巨大牺牲,胜利完成震撼世界、彪炳史册的长征。今天我们要了解的红军楼的故事也正是发生在长征途中的。

小朋友们,现在在我面前的这个院子就是红军楼所在地了。1935年8月,红二十五军长征途经泾川时,就在眼前这座占地半亩多的小院里设立了军临时指挥部,进行作战部署。红二十五军离开泾川之后,当地的老百姓为了纪

念红二十五军,将这个小院保护起来,并将军指挥部所在的这个两层小土楼亲切地称为"红军楼"。现在我们抬头看到匾额上"红军楼"题字,就是中共中央政治局原常委、中央军委原副主席刘华清上将题写的!

1984年,"红军楼"被泾川县人民政府确定为革命遗址,永久保存。大家看这是院内建立的"红二十五军革命遗址纪念碑",并且"红军楼"被确定为县级文物保护单位;2005年被中共平凉市委确定为"平凉市党史教育基地";2011年被甘肃省委宣传部确定为"全省爱国主义教育基地"。

说到红军楼,就必然说到四坡战斗。

小朋友们,你们知道这是一棵什么树吗?告诉你吧,这可是一棵有着150多年树龄的核桃树。红二十五军战士们当年就在这棵核桃树下避雨、做饭、烤衣服,它可是"四坡战斗"的见证者呢!

1935年8月21日,红二十五军冒雨急行,到达泾川县王村镇,他们从向明村上中塬进入四坡村、掌曲村一带。部队在这里做短暂的休整,临时军部就设在村民张锁房家的这座二层土楼(红军楼）上。红二十五军军政委吴焕先、副军长徐海东等军首长在此举行临时会议，决定后面的行军战略战术。会议结束后，副军长徐海东就带领一个团的战士负责后卫，掩护吴焕先、程子华率领的团队从四坡、羊圈洼、掌曲下塬，在汭河北岸东王村强渡汭河。可是，正当战士们渡河时，突然山洪暴发，汭河猛涨，有几名战士不幸被洪水卷走了。这时，吴焕先政委就立即组织部队用布条拧成绳索拴在河两岸的大树上，牵引战士们强渡。而军长程子华则负责带领已经渡河的部队在河对岸警戒布防。这时，国民党军队的1000多人，杀气腾腾地从王母宫塬上突袭而来，与担任后卫掩护任务的徐海东副军长率领的部队展开了激烈的交战。这个时候，正在指挥渡河的吴焕先一听到枪声，立即率领了100多名战士，掉转方向，向塬上冲去，直插敌军侧后。可是，正当吴焕先指挥部队反击时，他却不幸中弹了。当战士们听到吴政委负伤的消息后，更是激起了他们对敌人的无比愤恨，他们一个个高喊："为吴政委报仇！"，紧接着向敌人展开猛烈攻击。与此同时，副军长徐海东指挥的部队从正面发起冲锋，把敌人压制在掌曲沟圈，1000多人被全部歼灭，敌军团长企图骑马逃跑，也被击毙。

战斗结束后，指战员们将负伤的吴焕先迅速抬到军指挥所，也就是这个红军楼，进行紧急抢救，但终因失血过多，年仅28岁的吴焕先政委还是壮烈牺牲了。

四坡战斗胜利了，军政委吴焕先却永远离开了大家。战士们把吴焕先政委的遗体秘密安葬在了汭丰镇郑家沟村宝盒子山脚下，也就是现在我们可以经常去瞻仰的吴焕先烈士陵园。

吴焕先烈士的鲜血流进潺潺的泾汭河水，浇灌着泾川这方厚重的热土。他可歌可泣的革命故事，激励着一代又一代的泾川儿女自强不息、奋勇争先。作为一名小学生，我们更应该铭记革命先烈为国捐躯的英勇事迹，好好学习，天天向上，努力做一名合格的社会主义接班人，为祖国的繁荣富强添砖加瓦。

我们现在来到的就是红二十五军四坡战斗遗址，当年红二十五军就是在这里和国民党军展开激烈的战斗的。

无锡工人革命运动先驱者——秦起

江苏省锡山高级中学实验学校 737 班 施语庭

那是一段可歌可泣的岁月，一群可爱的人，用鲜血和生命践行了共产党人的宗旨誓言，书写了感天动地的人生篇章。2021 年是中国共产党成立 100 周年，在中国共产党领导中国革命、建设和改革的波澜壮阔的历史进程中，涌现出了无数的先烈英模，他们用鲜血和生命树起了世人敬仰的不朽丰碑。今天请听《无锡工人革命运动先驱者——秦起》。

秦起，原名秦锡昌，无锡工人运动的先驱和领袖。因出身贫寒，很小就进入茂新面粉厂当学徒。但在亲身经受和耳闻目睹了资本家对工人的剥削后，他对这个制度有了深深的憎恨。读过《共产党宣言》后，他找到了指路明灯，并由此把名字改为秦起，表示自己奋起斗争的决心。后来在《新青年》等进

无锡工人革命运动先驱者——秦起 149

步书刊的影响下，开始走上了革命的道路。1925年冬，秦起加入中国共产党。1926年2月，任中共茂新第二面粉厂支部书记，并在该厂秘密组织了无锡历史上第一个基层工会组织。5月，参与领导了无锡21家丝厂2万余名女工举行的总同盟罢工，历时9天，取得了胜利。

1927年"四一二"反革命政变以后的4月14日，国民党的右派对我们的总工会发起了一个秘密的武装袭击。当天秦起是在值夜班，他虽然率众反抗，但是终因寡不敌众而不幸被捕。被捕之后，敌人在他面前抛下一大堆

秦起，无锡城区人。无锡茂新第二面粉厂工人。1925年冬加入中国共产党。1926年5月出席在广州召开的第三次全国劳动大会。会后，领导无锡丝厂工人大罢工。1927年1月任无锡总工会委员长。同年，在无锡四一四反革命事件中遭到杀害。

刑具，甚至以死相威胁，但他始终都没有透露出我党的任何消息。秦起面对刺刀和刑具面无惧色，"你们不要为难别人，什么事都由我负责"。最终被敌人秘密枪杀，并沉尸于河。秦起牺牲的时候非常年轻，年仅21岁！

1988年初，无锡市政府在秦起当年的革命所在地——城中公园建起了秦起铜像，老一辈无产阶级革命家陈云为塑像题词：无锡工人运动先驱者秦起烈士。

今时今日，秦起塑像在和煦的阳光下，手握书卷，身穿长衫，目光炯炯，他的献身精神鼓舞和激励着一代代后人。秦起的事迹告诉我们，要有一种不屈不挠、顽强的精神。

很小的时候我就知道了秦起烈士的光荣事迹，他是我们无锡人的骄傲。在新时代下，我们依旧要学习他对党的坚定信念，继承先烈遗志，在自己的岗位上勇于奉献，永担责任，不忘初心，勇敢前进。我们应该更加珍惜现在的幸福生活，努力学习、坚持锻炼、认真劳动，将来长大了，为祖国的建设和发展贡献自己的一份力量。

弥足珍贵的药片

吴起中央红军长征胜利纪念馆红领巾讲解员　刘于溪

陕北的冬天严寒来得早，1935年刚进入10月，气温就降至零下。生活在吴起镇的15岁农民刘大才得了严重的斑疹伤寒，他卧床不起咳嗽不停，生命垂危。

刘大才在家里排行老三，大哥在两岁那年夭折，二哥又因为发烧没有治病的药，一拖再拖耽误了治疗，也过早地离开了人世。刘大才就成了家里唯一的男孩，他是全家的命根子。

当时的吴起缺医少药，更没有医院。生病了只能靠扛，有能耐的人家还能讨到几服土偏方的草药，得了重病就只有眼睁睁地等死。

正当一家人为此东奔西跑、束手无策时，一支穿着破烂的队伍进入了袁沟村。

刘大才的母亲知道是中央红军来了，喜出望外地去疗养所把儿子的病情给红军战士描述了一番。第二天，有两位女红军来到了刘大才的家里。她们仔细检查之后，帮刘大才做了治疗，还留下了一些药片，让他按时服用。很快他就停止了咳嗽，身上的斑疹也少了很多。刘大才的母亲把家里仅有的鸡蛋和黑豆带给中央红军。可红军战士们说什么都不肯要，在刘母的再三恳求下红军战士们只留了一些黑豆。

中央红军长途行军，缺衣少食，又不习惯陕北的气候，很多人都得了这种斑疹伤寒。在袁沟村疗养所，就有30多名红军战士得了这种病。然而，因为当时没有足够的药，他们大都离开了人世。村民和红军战士们一起把他们的遗体掩埋在了杏树渠。

过了一些日子中央红军离开了吴起镇，刘大才也完全康复了，他得知红军战士们救了自己却因为没有足够的药牺牲了很多战友时心痛万分。他暗暗下定决心要守护好杏树渠，守护好红军战士，守护好他的救命恩人。

这一坚守就是76年，2011年也是一个10月，91岁高龄的刘大才老人又

一次去杏树渠（今红军渠）祭奠掩埋在那里的红军战士。"这是今年新打的麦子，今年麦子收成好；这是荞麦，当年没吃的，现在咱什么也不缺；你们看看这些玉米有好些个品种哩；谷子今年让麻雀吃了不少，糜子长势还是特别喜人哩……"他一边自言自语一边把今年新收的庄稼，一样儿一样儿撒在杏树渠里。

　　回家的路上他不慎摔倒，经抢救无效去世。家人按照他生前的遗愿，把他安葬在了杏树渠旁边。他永远地守护在了红军战士的身边。

一张借据

湖南汝城县延寿瑶族乡中学学生　郭妍

在咱们湖南汝城县的档案馆里，珍藏着一张泛黄的借据。1934年11月，红军长征途经郴州汝城，钱粮短缺，村民胡四德筹集105担稻谷，3头生猪，12只鸡送给红军。红军留下了这张借据，红军借据的故事就从这里开始了。

60多年后，1996年暮春的一天，汝城县延寿瑶族乡官亨村村民胡运海在整修灶台时，发现了这张62年前的借据，上面写着"今借到胡四德伯伯稻谷105担；生猪3头，重量503斤；鸡12只，重量42斤。此据中国工农红军第三军团，具借人叶祖令。公元1934年冬"。

1934年11月，当红军长征前卫部队到达延寿时，当地农民们不明真相，

不知是红军还是白军，听到消息之后，只是急忙赶着自家的鸡鸭牛羊，扛着不多的粮食，向偏僻无人的山谷里逃去。为了消除当地群众的疑虑，红军在村宗祠学校旁扎起了草棚，并严令红军战士不得在农户家借宿，更不得取农户的一钱一物。这样一来，当地的瑶民开始慢慢地了解了红军部队，在此后的几天时间里，东躲西藏的群众也陆续回到了瑶寨。几天来一直关注着红军动态的当地村民胡四德，在得知红军未突破国民党设置的第2道防线，已经有几天几夜没有进食时，心里很难受，他连夜招来族人一同商讨如何帮助红军筹集粮食。第二天下午在胡四德带领下，从各家各户各村各寨筹集来的105担稻谷，3头生猪，12只鸡便送到了司务长叶祖令的手中。部队转移时，司务长叶祖令将一张借据郑重地交给胡四德，说："胡伯伯，现在红军筹款非常困难，一时拿不出钱来偿还你的财物，深信在不久的将来全国就会解放，到那时请你拿它去找政府兑换

吧。"虽然写借条的人，中国工农红军第三军团的司务长叶祖令不久之后就在贵州石阡县作战时英勇牺牲了，但一代代共产党人没有忘记当年的承诺。1997年5月17日，中共汝城县委、县人民政府、县人武部在官亨村举行隆重的中国工农红军第三军团长征途经汝城借据兑现仪式。按借据物资，折合该年市价由县政府向胡四德的唯一继承人胡运海归还了1.5万元人民币，而胡运海将其中的13930元捐献给了村里新建学校。

　　穿越了80多年的风雨变迁，共产党员让老百姓过上好日子的初心一直坚如磐石。"共产党说到就要做到，也一定能够做到。"在内蒙古考察期间，习近平总书记与干部群众代表座谈时的一番话，催人奋进，说到做到就是共产党人初心与使命的生动诠释。

民族英雄杨靖宇

中共满洲省委旧址纪念馆志愿者　牟嘉怡

1940年2月22日，在林海雪原中与日军周旋数日的杨靖宇，已是饥寒交迫。这位东北抗日联军第一路军总司令几天没有吃饭，全身长满冻疮，脚上的棉鞋烂成一团，双脚已被冻到溃烂。

敌人正四面合围而来，面对着劝降的村民，杨靖宇笑了笑，声音微弱但坚定："老乡，我们中国人都投降了，还有中国吗？"这句话在80多年后读来，依然感受得到其中铁骨铮铮的信仰的力量。

1939年冬，由于叛徒出卖，日军锁定了杨靖宇的行踪，在日伪军层层包围下，杨靖宇带领抗联将士与敌人苦苦周旋。深山老林中找不到一粒粮食，

就连草也是埋在二三尺深的积雪里，挖不出，找不见。为了填饱肚子，他们只能吃树皮，先把老皮刮掉，把泛绿的嫩皮一片片削下来，就着一把一把的雪咽下去。

1940年2月23日，只剩下一个人的杨靖宇，被日军包围了。日军指挥官试图劝降，杨靖宇慨然回答："不必多说，开枪吧！"上百名日本军警上前围攻，杨靖宇右臂中弹，手枪落地，他就用左手抽出驳壳枪继续迎战，子弹击中了他的腿部和胸膛，他就搂紧树干，艰难地站起来，继续反击！敌人的机枪扫射，他的胸膛再次中弹，伟岸的身躯才轰然倒地。日军奇怪杨靖宇靠什么能够孤身一人坚持数日，便剖开了他的尸体，发现他的胃里全是树皮、野草和棉絮，没有一粒粮食。1938年11月5日，党的六届六中全会发出的致敬电称颂杨靖宇为代表的东北抗联是"在冰天雪地里与敌周旋七年多的不怕困苦艰难奋斗之模范"。

中共满洲省委领导的东北14年抗战，铸就了辽宁在中国人民抗日斗争历史上的特殊地位。在中国共产党建党百年的今天，我们追忆往昔，感慨丛生。习近平总书记在纪念中国人民抗日战争暨世界反法西斯战争胜利75周年座谈会上指出：杨靖宇、赵尚志、东北抗联八女投江等众多英雄群体，就是中国

人民不畏强暴，以身殉国的杰出代表。他们的名字响彻中华大地，他们的事迹被后人传颂。

作为成长在新时代的我们，要把理想信念的火种和红色传承的基因一代代传下去，让革命事业薪火相传、血脉永续。为实现中华民族伟大复兴的中国梦时刻准备着！

一只藤篮呵护革命后代

于都中央红军长征出发历史博物馆小红星讲解员　张钰婍

在于都县中央红军长征历史博物馆里，收藏着一只小藤篮。篮子提手底部已脱离篮外壁，多处霉烂、断裂加上虫蛀，已形成两个大破洞，据说这篮子原有五只。那么它们是用来做什么的呢？

这还得从1934年说起。那年夏天，国民党军队快要推进到中央红军根据地的腹地，战斗非常激烈。前线红军的伤病员源源不断地向设在于都县新陂乡车脑村的红军后方医院转来。当时医疗条件相当差，所有的伤病员都被安排到一处姓氏的宗厅里。

这天傍晚，护士二组组长宁蓝在安排好几个新进的伤病员后，又毅然接下了院长安排的任务："这些都是英雄的孩子，要好好照顾他们。"

看着五个睡梦中的婴儿，最大的十个月，最小的才刚出生。宁蓝和同组的姐妹觉得自己身上的担子更重了。护士二组共5个人，原来承担了四五十个伤病员的护理工作，每天都要量体温、打针、上药、抢救，外出找药配药，忙得连吃饭、睡觉的时间也没有。现在为了照顾好孩子，姐妹们又干起了"妈妈"的行当。背着孩子忙前忙后，累得直不起腰来不说，同时往来忙碌的颠簸使孩子不停地哭喊，这为年轻的"妈妈"们增添了新的苦恼。宁蓝看在眼里，疼在心里。

刘阿婆知道了医院送来了5个英雄的后代后，一早便拄着棍子上山扯藤编篮子，一不小心摔了下去，摔伤了腿。"把孩子放在篮子里，躺着舒心，大家也安心。"刘阿婆笑呵呵地说道，"我老了，不用管我，照顾好他们就行。"看着阿婆远去的背影，宁蓝的眼睛湿润了，多好的群众啊！有了这样的群众，还有什么难关过不去呢？

在乡亲的帮助下，5个篮子都用粗绳子串着，顺顺当当地挂在各个病房的角落。这样，孩子们有了自己的"婴儿床"。打针、上药、晃篮子……护士们在照顾伤病员的同时，又能照看到房内的婴儿了。

两个月后，后方医院随着中央红军大部队转移，摇篮和摇篮里的孩子也先后辗转到了于都县的银坑、宽田等地……

这是用来育婴的摇篮，更是革命的摇篮！

一顿剁荞面的故事

吴起中央红军长征胜利纪念园红领巾讲解员　李旻锦

在吴起县铁边城镇张湾子村,一排土窑洞整齐地排列在小山坡上。窑洞里一盏老旧的清油灯,一张斑驳的小方桌安静地摆放在土炕上,似乎向我们默默讲述着那一个夜晚发生的故事。

我们现在看到的这排窑洞模型还原的是1935年10月18日中共中央、中央红军到达吴起镇的前一天。由于大部队长时间的行军作战,已经疲劳到了极点,于是毛主席命令大部队原地整顿休息,这里所说的原地就是铁边城以东的张湾子村。也就是在这孔窑洞里热情好客的张湾子村村民张廷杰和妻子侯孝俊为毛主席做了一顿香喷喷的羊肉臊子剁荞面。侯孝俊年轻时就是远近

闻名的剁荞面能手，干活十分干净麻利。她用中秋节后珍藏的羊肉臊子和鸡蛋，油泼了辣椒面，放上葱花，做成了香喷喷的羊肉臊子汤。她和了几碗荞面，在案板上擀开，用面刀噔、噔、噔地剁起来，荞面剁得又细又匀。长征路上，红军战士们能有一身御寒的衣服，一双不露脚趾的鞋，一顿饱饭是极其奢侈的事情，当晚毛主席在张廷杰家里一口气吃了这么大的三老碗。饭后，毛主席擦了擦额头的汗，非常感慨地说："真香啊，一年喽，长征路上还没吃过这么香的饭，吴起是个好地方哟。"毛主席称赞剁荞面，也成了吴起人民的骄傲，成了领袖与美食之间的一段佳话。因此，我们吴起的羊肉臊子剁荞面被誉为"万里长征第一面"。

当晚就在这孔窑洞里召开政治局常委会议，参加会议的有毛泽东、张闻天、王稼祥等，他们会上提出了红军陕甘支队入陕作战方针，同西北红军会合的方向和解决战略方针的问题。

这次政治局常委会议是中共中央、中央红军长征落脚吴起，落脚陕北革命根据地，彻底粉碎蒋介石的围追堵截，长征胜利结束的重要会议。

164 | 红色基因代代传——"百宫千馆万校"少年儿童讲述党史故事

狼牙山五壮士的故事

狼牙山五勇士陈列馆小小讲解员　赵思源

1941年秋，日寇集中兵力，向我晋察冀根据地大举进犯。当时，七连奉命在狼牙山一带坚持游击战争。经过一个多月英勇奋战，七连决定向龙王庙转移，把掩护群众和连队转移的任务交给了六班。

为了拖住敌人，七连六班的五个战士一边痛击追上来的敌人，一边有计划地把大批敌人引上了狼牙山。他们利用险要的地形，把冲上来的敌人一次又一次地打了下去。班长马宝玉沉着地指挥战斗，让敌人走近了，才下命令狠狠地打。副班长葛振林打一枪就大吼一声，好像细小的枪口喷不完他的满腔怒火。战士宋学义扔手榴弹总要把胳膊抡一个圈，好使出浑身的力气。胡

德林和胡福才这两个小战士把脸绷得紧紧的，全神贯注地瞄准敌人射击。敌人始终不能前进一步。在崎岖的山路上，横七竖八地躺着许多敌人的尸体。

五位战士胜利地完成了掩护任务，准备转移。面前有两条路：一条通往主力转移的方向，走这条路可以很快追上连队，可是敌人紧跟在身后；另一条是通向狼牙山的顶峰棋盘陀，那里三面都是悬崖绝壁。走哪条路呢？为了不让敌人发现群众和连队主力，班长马宝玉斩钉截铁地说了一声"走！"带头向棋盘陀走去。战士们热血沸腾，紧跟在班长后面。他们知道班长要把敌人引上绝路。

五位壮士一面向顶峰攀登，一面依托大树和岩石向敌人射击。山路上又留下了许多具敌人的尸体。到了狼牙山峰顶，五位壮士居高临下，继续向紧跟在身后的敌人射击。不少敌人坠落山涧，粉身碎骨。班长马宝玉负伤了，子弹都打完了，只有胡福才手里还剩下一颗手榴弹。他刚要拧开盖子，马宝玉抢前一步，夺过手榴弹插在腰间，他猛地举起一块磨盘大的石头，大声喊道："同志们！用石头砸！"顿时，石头像雹子一样，带着五位壮士的决心，

带着中国人民的仇恨，向敌人头上砸去。山坡上传来一阵叽里呱啦的叫声，敌人纷纷滚落深谷。

又一群敌人扑上来了。马宝玉嗖的一声拔出手榴弹，拧开盖子，用尽全身气力扔向敌人。随着一声巨响，手榴弹在敌群中开了花。

五位壮士屹立在狼牙山顶峰，眺望着群众和部队主力远去的方向。他们回头望望还在向上爬的敌人，脸上露出胜利的喜悦。班长马宝玉激动地说："同志们，我们的任务胜利完成了！"说罢，他把那支从敌人手里夺来的枪砸碎了，然后走到悬崖边上，像每次发起冲锋一样，第一个纵身跳下深谷。战士们也昂首挺胸，相继从悬崖往下跳。狼牙山上响起了他们壮烈豪迈的口号声：

"打倒日本帝国主义！"

"中国共产党万岁！"

这是英雄的中国人民坚强不屈的声音！这声音惊天动地，气壮山河！

一位"劝傅归降"的和平老人

平津战役纪念馆志愿者　张芷萱

平津战役纪念馆的展厅里陈列着一本珍贵的日记。它是1948年10月30日至1949年1月22日，刘后同先生为促使北平和平解放，积极做傅作义思想工作的真实记载，是研究北平和平解放的第一手资料。

刘后同是傅作义十分敬重的老师和多年的挚友。傅作义就任华北"剿总"总司令后，刘后同出任"剿总"中将总参议，是傅作义的高级政治顾问。

刘后同对形势看得清楚，对傅作义前途深切关怀，有一颗炽热的爱国、爱古都文化之心。刘后同的女儿刘杭生，也是中共外围组织的成员，在女儿的影响下，刘后同对我党的政治有一定程度的了解。所以，当共产党请他出

来劝傅作义走和平道路时，他欣然应允。

1948年10月下旬霜降刚过，西北风卷着沙土漫天而来，寒冷的冬天就要来到了。刘老先生不避风寒，来到北平。华北局城工部部长刘仁派人找到刘后同，希望刘后同出面劝说傅作义效法吴化文帮助解放济南的方式解放北平。刘后同说："吴化文是投降将军，傅作义是杀头将军，他是宁可杀头不肯投降的。"

刘后同当时虽然看到了形势对傅作义不利，但他的思想是站在傅作义的立场上的，想保全傅作义的实力，于是先提出组织华北联合政府，通电全国，促成全国和平。

新保安之战三十五军被歼后，傅系嫡系主力基本丧失殆尽。这对傅作义是一个极其沉重的打击，傅作义心情焦虑。刘后同的思想也有了转变，不再主张保持傅作义的实力，不再主张联合政府，而是力主傅作义走和平谈判解放北平的道路。然而，傅作义仍然默默无语。刘后同也素知傅作义性情刚直，既自尊又自信。因此刘后同在告辞时安慰说："和平谈判就有光明前途，切不可自我毁灭。"

傅作义心情平静一些后，刘后同向傅作义陈明是非利弊，特别是请傅作

义考虑:"北平这个千年文化古都,多少年来的军阀战争,都曾极力避免破坏,今日若毁于自己之手,岂不千古唾骂、遗臭万年!"在历史的十字路口处,刘后同多方斡旋,一步步劝说傅作义选择了和平之路。

1949年1月31日,人民解放军接管北平城,宣告北平和平解放!

刘后同在北平83天,为促进和谈不辞劳苦,无数次同傅作义面谈、写信,真可谓披肝沥胆,最终因操劳过度致使右眼失明。但是刘后同在日记中写道:"今一目,使北平果得和平无恙,又何足惜!"这就是和平老人的胸襟,事了悄然拂衣去,乐看万家享和平。

张明科与一把珍贵的手枪

吴起县胜利山革命纪念馆志愿者讲解员　袁佳妮

1935年10月19日，毛泽东率领中共中央和中央红军长征到达吴起镇，第二天下午张明科就在洛河东岸半山坡上的一孔窑洞里见到了毛主席。主席一见到张明科就亲切地打招呼，他在一位懂得陕北方言"翻译"的帮助下，用浓重的湖南话向张明科详细地询问："你们游击队有多少人马？多少枪？"张明科回答"不到一百人，五六十支枪，其余是大刀"。主席接着说道："你们游击队同志对这里的地形熟，让他们给主力红军带路，一来可以学习打仗方法，二来你们多拿一些枪支回来武装自己和赤卫队。"接下来，当主席从张明科的口中得知刘志丹被错误关押的消息后十分震惊，立即派王首道、贾拓

夫等携带电台，前往瓦窑堡执行先行放人的中央命令。21日，主席亲自指挥中央红军在吴起镇以西的平台山上打了一个大胜仗，给尾随中央红军的国民党兵以沉重的打击。

毛主席离开吴起镇的前一天，把张明科喊到自己的住处，起身说道："我们要走了，这把手枪留给你做个纪念。"说着从桌子上拿起一把德国制造的勃朗宁手枪和用红布包着的30发子弹递给张明科。张明科赶紧双手接过手枪和子弹，激动地流下了热泪，一句话也说不出来，只是点头感谢。

大家想想，毛泽东为什么要亲手把一把进口手枪送给张明科呢？中央红军到达吴起镇时，除刘志丹外，张明科是最高的领导人。他率领游击队配合中央红军取得了"切尾巴"战斗的伟大胜利。在紧急关头扭转了局势，为中

毛主席送给张明科的手枪

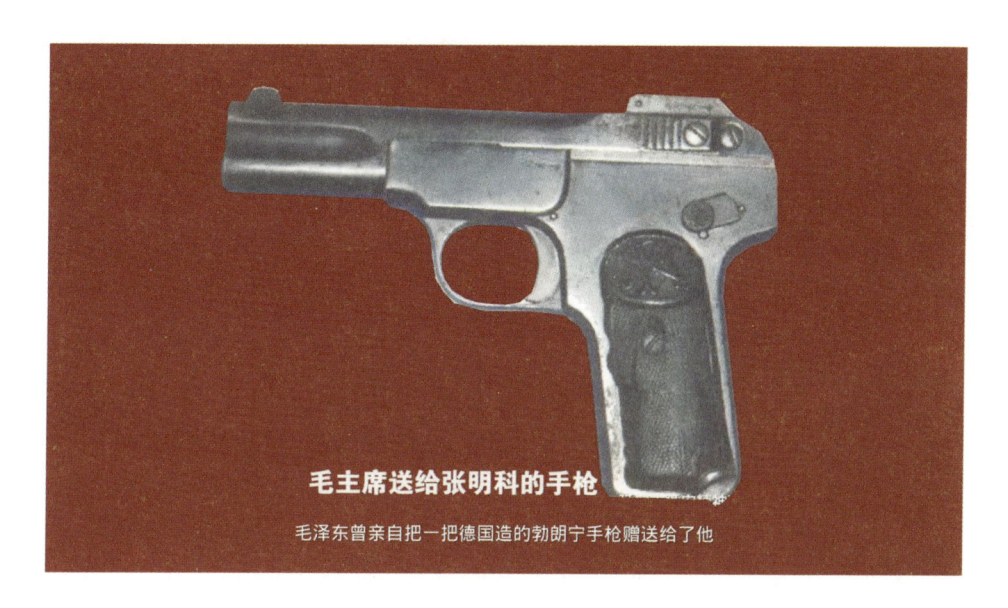

毛泽东曾亲自把一把德国造的勃朗宁手枪赠送给了他

央红军在陕北落脚奠定了坚实的基础。其次，中央红军在吴起镇时，张明科及时果断地向毛泽东反映了红军肃反扩大化的错误，挽救了许多被错关的红军将领和战士，有效地保存了红军力量。

到抗美援朝战争时，张明科带着这把珍贵的手枪驰骋疆场20多个春秋，立下了赫赫战功。抗美援朝结束后，他把手枪交给公安部门保管。1971年任甘肃省定西地区专员时，最终将自己心爱的手枪赠给吴起县革命纪念馆。之后这把手枪又转到延安革命纪念馆收藏，这是毛主席一生中唯一佩带过的一把手枪，现在已经是国家一级文物了。

以 酒 疗 伤

中国工农红军第一方面军红军小学四年级雷锋班　刘佳丽

　　红军长征进入贵州以后，一直处于奔波状态，尤其是遵义会议后，红军在四川、贵州、云南三省不停地实施战略转移。由于长途跋涉，加上激战连连，不少红军浑身是伤。即使没有受伤的同志，脚上也磨起了水泡，而长征中，红军途中又缺医少药，不少红军战士都是带伤前行。

　　茅台酒不仅芳香醉人，还有舒筋活血、强身健体的功效。红军战士来到了茅台镇后，就用打土豪没收来的茅台酒疗伤擦脚。曾三将军回忆："为了治疗长征和战斗途中留下的脚伤，会喝酒的都感受到了茅台酒的清香，不会喝酒的也都装上一壶，留下来擦脚活血、舒舒筋骨。有的同志打趣说：'要不是

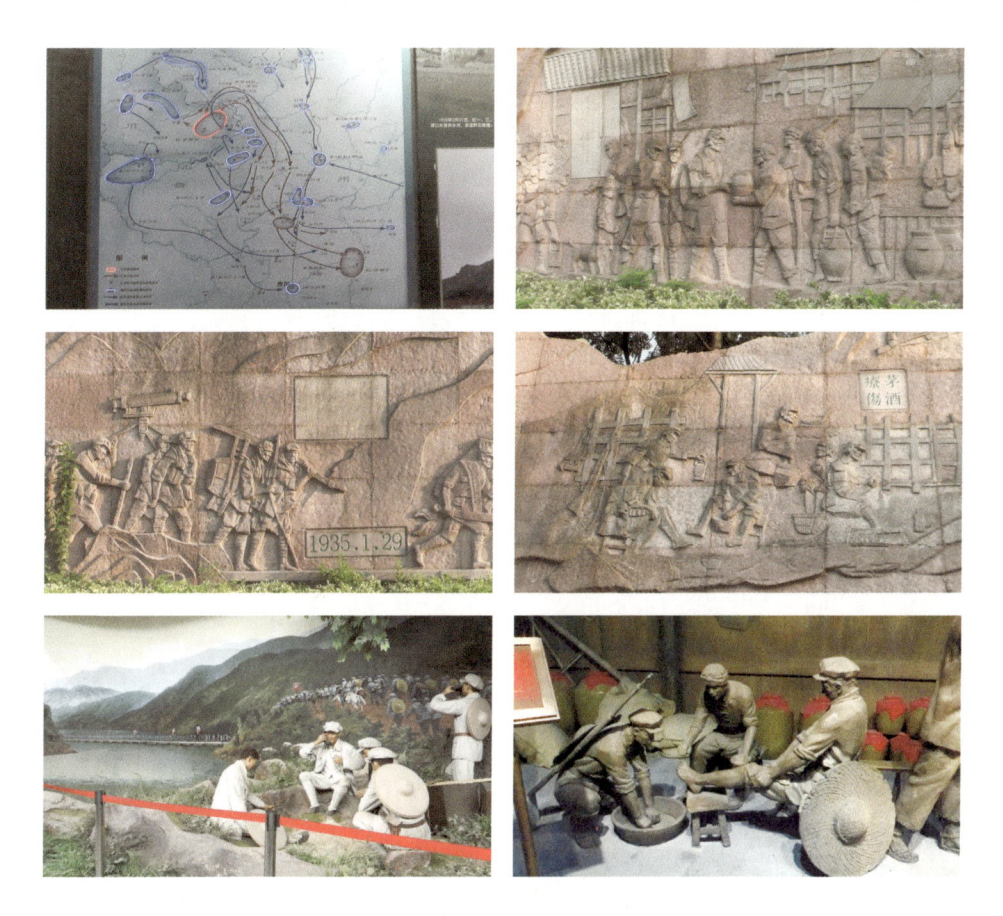

长征来到这里,这辈子哪能喝上茅台酒呢!'如果单凭这一点,还得好好谢谢蒋介石呢!"

  红军在茅台镇的时间虽短,但茅台酒为红军疗伤治病的故事,以及红军将士若干年后对茅台镇及茅台酒的悠长回忆,已成为脍炙人口的佳话。这些红色佳话,既是茅台酒的红色情缘,也是茅台酒时至今日仍然独领风骚的重要元素。

芹山战斗

南平市西芹中心小学　魏点衍

  我的家乡是闽北的一个千年古镇，历史悠久，底蕴深厚，它就是红色苏区——西芹镇。由彭德怀任总指挥的东方军，曾两次进入南平，两次转战西芹，英勇战斗三个多月，大大小小战斗30多场，其中最著名的就是西芹中坪"芹山战斗"，为后人留下一段永不褪色的红色记忆。

  坐落在西芹镇中坪村的芹山，是一座名不见经传的小山。但是在1933年9月18日上午8时许，英勇的东方军红五师在这里与国民党第十九路军展开了一场激烈的遭遇战。双方从南、北两坡抢占芹山主峰。三营战士不顾连夜行军的疲劳，捷足先登，冲上芹山峰顶。我军居高临下，在山顶上与敌人展

开了激烈的肉搏战。战斗十分惨烈,红军英勇顽强,许多指挥员重伤不下火线。一营营长赵壁腹部被子弹打穿,肠子流了出来,他咬紧牙关,把肠子塞进肚子里,继续指挥战斗,直至壮烈牺牲。经过近一个小时的战斗,敌军渐渐败退了下去。冲在前面的红军战士紧追不舍,把敌人逼到山下,喊杀声响彻山谷。在红军的强大攻势下,一批批敌人放下武器,举手投降。敌军团长见大势已去,骑着马带着几个卫士,向沙县高砂方向仓皇逃窜。红军踏着漫山遍野的武器、钢盔和尸体一直追到沙县高砂。就这样,敌人第十九路军,号称最精锐、最有战斗力、从未打过败仗的三六六团,在芹山主峰被我红军

全部歼灭。

　　这次战斗，红军共毙敌 200 余人，俘虏敌人 400 余人，缴获敌团旗一面，步枪 500 余支、机枪 20 余挺以及大批军用物资。"芹山战斗"被列入《军事辞海》，成为当时中革军委纪念"九一八"的喜报。为西芹赢得了"红旗不倒誉东南"的美名。

　　至今，我们还可以看到 80 多年前修建的战壕、暗堡、环形工事。红军堆砌堡垒散落的石块、战斗指挥部、红军墓，还有村民到战场劳动时捡回来的手雷、子弹和弹壳等军需品。这些场景和物品都在诉说着当年战斗的惨烈。

　　历史是最好的教科书。让我们铭记红色历史，好好学习，报效祖国。

中国红军第七军诞生

百色起义纪念馆红领巾志愿讲解员　余雨妍

2011年，百色市组建红领巾志愿讲解员队伍，至今已有10年的历史。在这10年间，有500多名像我一样的红领巾讲解员，我们为观众提供志愿讲解累计2.3万多批次，受益人数达70多万人次。如今，我们的志愿讲解员队伍不断壮大，已经成为纪念园、成为百色的一个亮点，成为新时代传播红色文化的一支生力军，深受各地观众喜爱。讲解员们在开展志愿讲解服务的同时也得到锻炼与成长。

接下来，我要给大家介绍的是：百色的曙光——中国红军第七军诞生。

邓小平爷爷从南宁来到百色后，快速部署并领导了百色起义的各项准备工作。到了1929年12月11日，正值广州起义两周年纪念日，百色起义成功了。那天上午8点，驻百色的起义部队，身穿新军服，颈上系着红领带，军帽换上了红五星，精神抖擞，整整齐齐地在百色起义的指挥部粤东会馆门前列队，举行升旗仪式。写有"中国红军第七军"番号的鲜艳红旗徐徐升起。同时在百色城东门广场还举行了盛大的庆祝大会，有工人、农民、士兵、群众数千人参加。大会举行了献军旗、献印章仪式，宣布百色起义取得胜利，中国红军第七军诞生。人们激动地挥动彩旗，敲锣打鼓，向红军致敬，百色城呈现一派喜庆和勃勃生机的景象。

同一天，右江地区第一届工农兵代表大会顺利召开，选举产生了右江苏维埃政权。百色起义的胜利，红七军的诞生，右江苏维埃政权的建立，标志着右江革命根据地建立起来了。

这组情景雕塑《红色政权》再现的就是那时的热闹场面。各族人民敲锣打鼓、耍龙舞狮，到处充满热烈而紧张的革命气氛，欢庆红色革命政权的胜利诞生。邓小平爷爷等革命先辈发动领导的百色起义在中国革命史上写下了

光辉的一页。

  2021年是中国共产党成立100周年,作为一名红领巾志愿讲解员,我们要讲好党史故事,弘扬起义精神,让红色基因代代相传。

马背上的小红军

北京市东城区黑芝麻胡同小学 3 年级 7 班学生　王柏淞

在过草地时，陈赓遇见了一件让他终生难忘的事。

太阳偏西了，陈赓感到十分疲惫，掉下队来，同他那也十分疲惫的瘦马慢慢地朝前走着，来到一个掉队的小红军身旁。这个小家伙，看来不过12岁，一口四川腔，圆溜溜的脸，一双大眼睛，两片薄嘴唇，鼻子有点翘。穿着一双破草鞋的脚板子，冻得又青又红。陈赓靠近他身边说："小鬼，你骑一会儿马吧。"小鬼摆出一副满不在乎的样子，盯着陈赓那满脸胡子的瘦脸，微微一笑说："老同志，我的体力可比你强多了，你快骑上走吧！"

陈赓用命令的口吻说："叫你骑你就骑，骑一段再说！"

小鬼用倔强的语气回答："你要我同你的马比赛吗？那就比一比吧。"小鬼把腰一弯，做着一个准备跑的姿势。

"那，我们就一块儿走吧。"

"不，我还要等我的同伴哩。"

陈赓无奈，从身上取出一小包青稞面，递给小鬼说："你把它吃了。"小鬼把身上的干粮口袋一拍，说："你看，鼓鼓的嘛，比你的还要多呢！"

陈赓终于被这个小鬼说服了，只好爬上马背，一个人朝前走。

不知为什么，陈赓此时的心情总是平静不下来。他脑子里总是闪动着那孩子的影子。想着想着，突然喊了一声："不对，我受骗了！"急忙掉转马头，向来路奔跑而去。

当陈赓寻找到那个孩子的时候，已经晚了。

陈赓把小鬼抱上马背,有一件硬东西触到他的手,急忙摸出来看,原来正是小鬼那个鼓鼓的干粮袋,里面只有一块烧得发黑的牛膝骨,上面留有几个牙齿印。正在这时,小鬼停止了呼吸。

陈赓一只手紧搂着小鬼的尸体,一只手狠狠地给自己一个嘴巴:"陈赓啊!你这个大笨蛋,怎么对得起阶级小兄弟!"

父亲的遗憾

延安北大培文实验学校枣园校六年级二班　李昕诺

　　1938年7月，陕甘宁边区成立了儿童保育院，负责接收培养边区干部、军人的子女和革命烈士遗孤。不少指战员及烈士的后代都被送到了这里，其中有左权的女儿左太北，任弼时的女儿任远征，当然也包括刘伯承的大儿子刘太行，二女儿刘华北等。

　　在这里因为大家年纪都相仿，所以小朋友们也十分玩得来。刘伯承和夫人汪荣华当时在工作之余允许的情况下，会来到这个革命小孩之家，利用短暂的时光陪伴儿子女儿一起成长。

　　1945年8月19日，值班阿姨吹响起床哨。孩子们一个个从床上骨碌碌爬起来穿衣服，见刘华北还没起床，于是，管理人员找到刘华北休息的窑洞，

此时年仅 5 岁的刘华北身上全是鲜血,脸色惨白,浑身已经没有热气了。

夏天的清晨是那样的静,一大早,刘伯承就被警卫员急促的敲门声惊醒。"首长,首长,中央保育院打来电话,叫您和汪阿姨赶快去一趟,华北她,华北她……"刘伯承夫妇没来得及多想,直奔保育院。所长看见了他们,一把拉住他们夫妇的手,声音颤抖地说:"首长,都怪我们麻痹大意,华北她,她被敌人谋害了。"这句话如同晴天霹雳,夫妇二人几乎昏倒在地上,心里像被戳了一刀。当他们看到已经没有呼吸的女儿时,汪荣华再也控制不住自己的情绪,失声痛哭:"孩子……好孩子……你快睁开眼看看爸爸妈妈吧,爸爸妈妈来迟了……你教妈妈的那首歌,妈妈现在唱给你听:丢、丢、丢手绢,轻轻地……"

刘伯承慢慢地走到孩子跟前,用颤抖的手抚摸着孩子的脸,眼泪滑落在女儿的白被单上……

痛失爱女,这位父亲以非凡的忍耐力克制着,他拉起被单,含着泪深情地把女儿盖好。纵然见过无数尸体,刘伯承此时也支持不住,腿一软,差点倒在地上。他定了定神,坚定地说:"同志们,不要太为我难过了。敌人以为,杀了我刘伯承的女儿,我就会对他们手软吗?简直是痴心妄想!"

夫妇二人把只有 5 岁的小华北安葬在保育院后山,可爱的小华北,就这

样永远地留在了延安的黄土地上。

1986年，94岁的刘伯承元帅身患重病，弥留之际，提起40多年前女儿被害一事时，仍旧悲伤不已。他一再重复地对妻子说："荣华啊，我对不起我女儿啊，我没把她养大啊。"

我们的老一辈革命家，舍小家保大家，那种把国家的利益放在第一位的革命情怀，永远值得我们学习，更值得我们赞扬！让我们向一位父亲致敬，向所有为新中国而牺牲的革命先烈们致敬！

毛主席与老船工

中国工农红军第一方面军红军小学四年级雷锋班　肖亦瑶

　　1935年3月16日，渡河的冲锋号响起，毛主席等人来到茅台下场口黄桷树下的渡口。老船工赖元兴正等在那里，见他们过来了，大声说："这条路不好走，来，我背你们上浮桥吧。"说着便背起毛主席上浮桥，过了赤水河。

　　渡过赤水河后，赖元兴见天色已晚，觉得红军还饿着肚子，便对他们说："干脆今天就在我家歇一晚吧，我叫老婆弄点吃的，喝点酒，暖暖身子。"说完便把毛主席等人接到家里住了一个晚上，并拿出茅台酒招待他们。当时赖

元兴并不知道自己招待的红军首长是毛主席。

第二天,赖元兴又帮红军带了一段路。临别时,毛主席握着赖元兴的手说:"老乡啊,谢谢你!这是一点路费,送给你,另外,还有一副银手镯也送给你的妻子。"

直到1958年,毛主席的警卫员陈昌奉来到茅台一带调查长征旧事时,来到赖元兴家,了解回忆红军三渡赤水河情况,并拿出了毛主席当年的照片进行对比,赖元兴这才知道原来自己当年背过的首长竟然是毛主席呀!

大柏地战斗

瑞金中国革命根据地纪念馆红色讲解员　刘梓昂

1921年7月，中国共产党在上海宣告成立。随着大革命的失败，1927年8月1日，中国共产党领导了震惊中外的八一南昌起义，打响了武装反抗国民党反动派的第一枪。之后，其部队于南昌往广东南下，在瑞金帮助建立了第一个党支部，贺龙、郭沫若等就是在瑞金锦江中学入的党。1927年8月7日，中共中央在汉口召开紧急会议，确定了实行土地革命和武装反抗国民党反动派的总方针。毛泽东提出了"枪杆子里面出政权"。会议结束后，各地纷纷举行武装暴动，毛泽东率领的秋收起义部队和朱德率领的南昌起义部队在井冈山成功会师，并且开辟了新的井冈山革命根据地。

为了粉碎蒋介石对井冈山发动的第三次"围剿"。1929年1月14日，毛泽东、朱德率领红四军主力3600余人，从井冈山下山向赣南闽系进军开辟新的革命根据地。可一路上红军遭到国民党部队的围追堵截，经过了20多天的艰苦转战，红军终于在2月9日也就是除夕夜那天到达了瑞金的大柏地。战士们纷纷要求与敌人决一死战，毛泽东、

朱德在观看了大柏地的有利地形后,决定在此打一场伏击战。这场战役共歼敌800余人,缴获枪800余支,是红四军下山以来的首次大捷,扭转了红四军一直处于被动的局面,并且这场战役也被陈毅称为红军成立以来"最有荣誉之战争"。

　　那么这场战争为什么被陈毅称为红军成立以来"最有荣誉之战争"呢?红军到达大柏地时,已经弹尽粮绝,为了迷惑敌人,红军就在松树上挂了一个铁皮桶。桶里面装的是鞭炮,利用山谷的回响,使敌人不知道我军有多少兵力。缺少兵器的红军从山上把石头推下去,砸死敌人。后来彻彻底底没有了枪支和弹药,他们就从树上把树枝折下来,与敌人展开了近身的肉搏战。用他们坚定的信念和勇气,打败了弹药充足的敌人,这就是为什么被陈毅称为红军成立以来"最有荣誉之战争"。

　　1933年夏天,毛泽东重回大柏地时,遥想起当年的鏖战情景,触景生情,就写下了这首至今脍炙人口的《菩萨蛮·大柏地》:

赤橙黄绿青蓝紫，
谁持彩练当空舞？
雨后复斜阳，
关山阵阵苍，
当年鏖战急，
弹洞前村壁，
装点此关山，
今朝更好看。

半条被子的故事

广西桂林市兴安县实验小学四年级　赵侦羽

一间小屋，一张竹床，床上铺着稻草，没有铺盖。这是一个贫穷的家。这家的女主人叫徐解秀。

1934年11月，红军长征路过湖南汝城县沙洲村，三位红军女战士和女主人在这张床上盖着一条被子，拥挤着度过了一个夜晚。第二天早上女红军环顾这个一贫如洗的家，将晚上盖的那条被子剪下一半留给了这个家。女战士说："红军现在穷，等胜利了我们一定回来看你，送一条暖和的被子。"红军出发了，徐解秀的男人给红军带路也走了。这一走再也没有回来。乡亲们说每年的这天，都看见徐解秀在通往山外的路口等待，等待胜利归来的红军和

自己的男人。这一等就是 50 年。

1984 年重走长征路的记者罗开富来到沙洲村。84 岁的徐解秀听说北京来人了，找到罗开富讲述了 50 年前的故事。

1984 年 11 月 14 日徐解秀的故事刊登在这一天的《经济日报》第一版。看到报道的邓颖超与其他 15 位走过长征的女红军共同买了一条蚕丝被，委托罗开富送给老人，兑现红军的承诺。当罗开富再次来到沙洲村时，老人已经在三天前去世了，没能等到红军送来那条暖和的被子。

老人临终时对儿孙嘱托："要永远跟着共产党，共产党是有一条被子也要剪下一半给你的好人。"

这个故事也深深感动了一位 30 岁出头的县委书记，33 年后，2016 年 10 月 21 日在人民大会堂隆重举行的纪念红军长征胜利 80 周年大会上，这位当年的县委书记讲述了半条被子的故事——他就是习近平总书记。

半条被子盖不住一个人全身，但能暖人心；半条被子是一种精神，是一种力量，是红色江山代代相传的不朽密码。

桂林市兴安县实验小学
183 班 赵侦羽

桂林市兴安县实验小学
183 班 赵侦羽

任弼时让儿子和女儿退布的故事

延安大学附属小学三年级　任美霖

　　1948年，任弼时一家6口随党中央机关转移到了西柏坡。有一天，任弼时的小儿子远远和姐姐远志在外面骑自行车玩。回到家里，远远拿来一块抹布，认真地擦着车子，发现了车身上一处脱了油漆的地方，远远对远志说："看，漆都掉了。姐姐，你想个办法，做个车衣，把它包起来吧！"远志看着车，想了想，觉得也应该，于是，便点头答应了。做车衣，离不开布，到哪里去找布呢？远志眉头一皱，便有了办法。当时，机关实行的是供给制，物资全归后勤处管。

　　谁要什么东西，只需打条子去领。于是，远志便找了纸，写了张领条，

红色基因代代传 ——"百宫千馆万校"少年儿童讲述党史故事

跑到行政科批了字，然后，将领条交给父亲的警卫员小邵，请他代劳去领布，小邵便领回了布。这件事任弼时自然会知道，他把小邵叫到办公室，细细盘问起来："我家今天领东西了？"小邵点点头回答道："是，领了6尺白布。""做什么用？"任弼时不解地问。"给远远的小自行车缝车衣。"任弼时听了，让小邵把远志和远远找来。远志和远远来到父亲跟前，任弼时问："你们要做车衣吗？全国虽然快解放了，可我们的国家还很穷，前线需要物资支援，建设新中国也需要物资。毛主席号召'节约每一个铜板'，他自己还穿着补丁衣服呢，你们领公家的布做车衣，这很不好啊！"听了爸爸的话，姐弟俩的脸顿时红了。远志连忙说："我们这就把布退回去！""对！应该把布退回去。"任弼时摸摸远远的脑袋，拍拍远志的肩膀，继续说："今后一定要注意勤俭节约，再领什么东西，要经过我同意，你们年纪小，不要乱来。"

今天，我们要继承和发扬老一辈革命家践行艰苦奋斗、勤俭节约的好传统。从点滴做起，节约粮食、节约用水、节约时间、不乱花钱，珍惜美好生活，好好学习，天天向上。

红军护茅台

中国工农红军第一方面军红军小学四年级雷锋班　胡力文

　　1935年3月15日，红军转战仁怀，准备在茅台镇三渡赤水。16日清晨，红一军团袭占茅台镇，红军刚挺进茅台镇，原总政治部的一张布告也随之而来："民族工商业是属于我军保护对象，茅台酒酒好质佳。茅台酒一举夺得巴拿马万国博览会金奖，为国人争光，我军只有在酒厂公买公卖，对酒灶、酒窖和酒坛的一切设备，均应加以保护。"

　　毛泽东、朱德虽然是红军首长，但他们不拿百姓一针一线，派警卫员用四块银圆，向茅台酒厂老板买了两竹筒散装茅台酒，共庆娄山关战役、遵义战役的胜利。

红军护茅台

传承红色基因，争做新时代好少年

红军长征突破湘江烈士纪念碑园小小讲解员　周芷艺

也许我不曾见过你们，但我知道你们，我想每一位中国人都会知道你们。因为没有你们，就没有现在的我们。一代人又一代人的使命，红色记忆传承红色基因。中国共产党成立100周年，我们怀念你们，也感恩你们——湘江战役的英雄们。

百姓对于那些曾经救国救命的英雄们，总是存在感恩之心，即使彼此之间没有血缘关系，但华夏已经将我们的心连在了一起。即使先人已去，但他们的无私奉献，会永远存在我们中国人的心中。

在兴安县华江瑶族乡水埠村一片翠绿的竹林旁，有一个埋葬着12位红军烈士的墓冢，98岁的村民赵良英一家几代人数十年守护烈士英灵。赵良英的父亲赵金床曾给红军当过向导，红军坚定的理想信念和严明的军纪给他留下了深刻的印象。

当年，赵金床等瑶族群众趁着夜色将红军烈士的遗体就地安葬，并在坟前立石标记。他经常告诉子孙："红军是好人，要给红军守好墓。"这一守就是五代人。

赵良英的女儿李贵连说:"我们会一代代守下去。"

老山界主峰猫儿山山脚下有一座小红军墓,墓中是一位牺牲时还保持着站姿的红军烈士。华江乡同仁村村民李大平的父亲李明昇等群众冒着危险掩埋了小红军的遗体,后来又将墓迁到村中央地带。几十年来,村民们坚持修缮、祭扫,李明昇告诉后代:"要把红军的墓当成亲人的墓。"

无数先烈们用鲜血和生命为我们创造了未来,他们的初心是革命胜利,守护国,守护家,而如今,我们要做的是守护,是传承。今天,红军先辈们的梦想,正一步步变成现实。先烈热血浸染的桂北山区如今已经摆脱贫困,百姓迎来了崭新的生活。

昨天祖国的山河历经劫难,历经沧桑,革命先辈抛头颅洒热血,如今时代的歌声依旧震荡山河,红色沃土却早已焕发新颜。中华儿女传唱着先辈们的红色故事,铭记着先辈们的红色经典,继往开来谱写新章,走好新时代的长征路。

红色基因代代传 ——"百宫千馆万校"少年儿童讲述党史故事

铜鼓岭阻击战

广东韶关田家炳小学六（7）班　廖筱文

粤北仁化是千年古城，是红军长征突破国民党第二道封锁线的主战场，其中著名的铜鼓岭阻击战，便是红军长征进入广东后的一次惨烈战斗，也是红军长征谱写的光辉一页。铜鼓岭位于仁化县北部，距城口约20公里，那里山高路陡，林密草生，地势复杂，是粤湘通道的重要山隘。1934年11月2日晚，红一军团第二师第六团在营长曾保堂的带领下，奇袭城口，突破了国民党精心设置在城口一带的第二道封锁线。这时的红军早已饥寒交迫，疲惫不堪，急需休整。但此时从广州前来增援的国民党独立警卫旅第三团已火速赶来，他们抢先在铜鼓岭南面集结兵力，占领高地，修筑工事，准备乘势北上

消灭红军。红军为了赢得主力部队的休整时间和顺利西进，红二师六团一部奉命从城口南下进行阻击。

　　11月4日中午，当红军赶至铜鼓岭北面时，遭到国民党军袭击。敌军依仗有利地势和轻重武器，向红军发起猛烈进攻。但身经百战的红军战士，并没有被当时险恶的形势所吓倒，而是利用复杂的山体做掩护，随机应战，英勇还击。红军为了夺取敌人设在半山腰的重机枪，七八个小红军并肩作战，奋勇前冲，但一个个都倒下了。后续红军奋力还击，痛击敌人，一直持续到夜幕降临，红军虽然伤亡很大，但抵挡住了敌军的进攻，敌军第一拨进攻被瓦解。但敌军没有罢休，而是调来增援部队，重新聚集部署。11月5日拂晓，战斗打响了，敌军兵多弹足，分多路一次次地向红军猛扑，待敌人冲到阵前，红军战士们一跃而起，与敌人展开了白刃战，用大刀砍，用刺刀刺，战斗非常惨烈，杀喊声、枪炮声响彻山谷。尽管红军战士们浑身是血，但他们越战越勇，一次又一次抵挡住了敌人的进攻。铜鼓岭阻击战历时两昼一夜的惨烈

战斗，将敌人牢牢遏制在铜鼓岭南面。11月5日下午，红军完成了阻击任务后向北转移，敌军慑于红军威力不敢追击。红军血战铜鼓岭，消灭敌人80余人，红军以牺牲100多位红军战士的惨重代价，粉碎了国民党妄图在城口消灭红军的阴谋，掩护主力红军胜利过境，为确保红军主力部队在城口短暂休整和顺利前进创造了条件。正是因为有这样的艰巨付出，才换来了我们今天的新中国！

胜利落脚吴起镇

吴起中央红军长征胜利纪念园红领巾讲解员　张芮涵

　　1935年9月17日，红军突破了长征中的最后一道天险：腊子口，随后穿越岷山，乘胜占领哈达铺，打通了北上道路。北上部队在此正式改编为：中国工农红军陕甘支队。同样，也正是在这里，毛泽东等中央领导从邮政代办所收集到的国民党报纸上获得陕北红军活动的消息，随后便决定前往陕北同当地武装一起来巩固和扩大西北革命根据地。

　　1935年10月19日，中央红军兵分两路进驻吴起镇。一纵队由毛泽东率领，经铁边城、新寨到达吴起的新窑院；二、三纵队由彭德怀司令员率领沿二道川沿线进入吴起镇境内。

吴起成为中央红军长征胜利的落脚点，也开启了党中央在延安的13年革命生活。

中央红军到达吴起镇看到了苏维埃政府的牌子，喜悦的心情难以言表，顿时欢呼："到家了！"当时跟随中央红军长征过来的红军战士邓飞曾这样描述他当时的心情："当我们到达吴起，看到苏维埃政府的牌子时，大部队整个地沸腾了，苏维埃多么亲切而又熟悉的名字啊，看到它就如同见到了久别重逢的亲人。说心里话，长征途中，我们无论是渡湘江、翻雪山还是过草地，尤其是打完了一仗，眼巴巴地瞅着满地的伤病员无处安置时，我们就格外想念苏维埃，想念苏区人民。如今，看到苏维埃的牌子，我们又怎能不欢呼？怎能不跳跃？"

当时吴起地广人稀，人民生活也很苦。但吴起人民依然光荣地完成了迎接、支援中央红军的任务。吴起人民主动养护红军伤病员并在当地党组织和苏维埃政府的领导下，召开紧急会议，组织动员群众腾窑洞、筹粮食、做军鞋，为中央红军赶制御寒的衣服。

21日天未明，四沟八岔的群众，牵驴拉马，给中央红军送来了粮食、蔬菜和肉。吴起周围三个乡共送小米、荞面2.8万斤，猪50多头，羊270多只。

这组数字是过了两三个月后供给部队付钱时才统计出来的。

军爱民民拥军，军民鱼水一家亲的许多动人故事，至今仍在吴起广为流传。正如《山丹丹开花红艳艳》中唱的那样：

> 千家万户哎了哎嗨呦，
> 把门儿开哎了哎嗨呦，
> 快把咱亲人迎进来，
> 依儿呀儿来吧来吧呦呦！

吴月娥舍身跳崖

井冈山革命博物馆小小讲解员　陈王熠

今天，我就来和大家分享一段《吴月娥舍身跳崖》的红色故事。

吴月娥，从小生长在一个贫苦的农民家庭。1927年10月，工农武装割据的熊熊烈火燃遍了井冈山的每个村庄。16岁的吴月娥像大人一样参加了打土豪、支援红军的火热斗争，担任了荆竹山的少先队队长，领着一群少年儿童站岗、放哨、查路条、侦察敌情、看护伤病员。1929年1月，湘赣敌军攻进了井冈山。红五军连夜突围向赣南进发。在各个阵地参战的赤卫队和群众，按照特委的布置躲进了大山里，避免敌人的屠杀，并进行游击战。

1月30日，吴月娥在一祠堂内给宣传队员布置任务时，被返乡的土豪告发，为掩护战友突围及伤病员转移，不幸被捕。敌人强押她带路寻找红军下落，吴月娥暗暗下了誓死不屈的决心，于是她将计就计，与敌人一路周旋，最后带着敌人登上了一座陡峭的山峰。山峰的另一侧是一堵悬崖峭壁，当敌人发现情形不对时，吴月娥突然扑上前，两手紧紧地抱住了敌人，用尽力气向悬崖边上猛推，与他一道跳下了山崖。就这样，吴月娥，这位大山的女儿，带着对敌人的阶级仇恨，带着对工农革命的无限忠诚，将自己弱小的身躯投向了大山的怀抱，牺牲时不满18岁。她用自己的青春书写着"青山处处埋忠骨，人生何处不青山"，正是有着一个个像吴月娥这样忠于党忠于人民的革命烈士，才会有革命的胜利，才会有我们今天的幸福生活。

吴月娥舍身跳崖 | 211

藏在衣柜里的父子情

延安宝塔区南关小学五年级三班　姬翔

1950年，美帝国主义把朝鲜的战火烧到了鸭绿江边。毛主席号召全国人民抗美援朝，保家卫国。毛岸英主动申请参加中国人民志愿军，坚决要求入朝参战。当中南海里不少同志都来劝毛主席出面阻止时，得到的回答却是，他不去那谁去？34天之后岸英在朝鲜战场牺牲了，当周总理把这一悲痛的消息告诉主席时，主席强忍住泪水，沉默了许久。然后点了一根烟，用微微发颤的声音说道："战争嘛，总要有牺牲的。朝鲜战场上，千千万万个老百姓的孩子，不也是在战斗中牺牲了吗？我不后悔，我是这个国家的领导人，国家

1990年 当中央警卫局在清理毛主席的遗物时

危难的时刻,我不派自己的儿子去保家卫国,那又派谁的儿子去呢?"整整一夜主席没有离开过房间,只是一根接着一根地抽烟,坚忍地接受儿子再也回不来的事实,多次承受着失去亲人的无尽伤痛。

1990年,当中央警卫局在清理毛主席的遗物时,无意间发现了一个小柜子,柜子里面装的是毛岸英同志生前的衣物,有衬衣、袜子、毛巾和一顶军帽。后来得知,这些物品是毛主席瞒着身边的所有工作人员亲手珍藏的,而这一藏,就是26年,一个将儿子的毛巾和袜子都视若珍宝的父亲,难道真的就不想儿子回来吗?他是否也曾在夜深人静的夜晚将这些衣物一件一件拿出来,轻轻抚摸?这些衣物上,是不是也曾经浸染过主席的泪水呢?对于这些疑问,我们不敢深究,更不忍细想,也许真正痛彻心扉的伤口,是拒绝任何人分担,禁止任何人触碰的。

当这些衣物再一次呈现在大家面前时,距离毛岸英牺牲已经过去了整整40年,而距离主席逝世也过去了14年。一位老父亲对离去孩子的思念,就这样被默默地压在衣柜底下,沉默了近半个世纪。面对这些衣物,让我们再次感受到了毛主席对国家和人民的深情大爱,以及对儿子的深邃父爱。"为有牺

牲多壮志，敢教日月换新天"，"牺牲"二字豪迈万丈，可那一刻主席心里有多么痛，而一个"敢"又把多少风云一笔带过。你若真正懂得，你就会知道在新中国的历史进程中，这三个字有多重。

拔哥的故事

百色起义纪念馆红领巾志愿讲解员　何礼乐

唱支山歌给党听，
我把党来比母亲，
母亲只生了我的身，
党的光辉照我心。

这首歌表达了对旧社会悲惨生活的回忆和愤恨，以及跟着共产

党闹革命的愿望和决心，我们广西百色也有这样的故事——《拔哥的故事》。

大家知道我说的拔哥是谁吗？他就是很有名的韦拔群爷爷，他是我们广西东兰人，很早的时候，也就是1921年，他就领导了我们广西早期的农民运动了，是非常有名的农民运动的领袖。

1929年12月11日，韦拔群爷爷参加领导了百色起义，他带领的队伍编为红七军第三纵队，在许多战斗中都很英勇，屡获战功，让敌人很害怕。可是，红七军成立不久，部队就接到了上级的命令，要离开根据地，韦爷爷没有跟着部队离开，而是奉上级命令留在根据地坚持开展斗争。

因为红军走了，敌人对根据地进行疯狂的"围剿"，人们的生活变得很艰难。韦爷爷带领根据地的军民开展了两年多的反"围剿"斗争。可是后来，因为叛徒的出卖，韦爷爷被凶恶的敌人杀害了，他牺牲的时候只有38岁。

韦爷爷家一共有 19 人，为了革命大多都牺牲了，只有两个人活到新中国的诞生。

邓小平爷爷对自己这位亲密的战友是这样评价的：韦拔群不愧是无产阶级和劳动人民的英雄，不愧是名副其实的人民群众领袖，不愧是一个模范的共产党员。

平津战役纪念馆志愿者

天津市第九十二中初二　宋奕璋

陈然《我的自白书》

任脚下响着沉重的铁镣，
任你把皮鞭举得高高，
我不需要什么"自白"，
哪怕胸口对着带血的刺刀！
人，
不能低下高贵的头，
只有怕死鬼才乞求"自由"；
毒刑拷打算得了什么？
死亡也无法叫我开口！
对着死亡我放声大笑，
魔鬼的宫殿在笑声中动摇；
这就是我——
一个共产党员的"自白"，
高唱凯歌埋葬蒋家王朝！

叶挺《囚歌》

为人进出的门紧锁着，
为狗爬走的洞敞开着，
一个声音高叫着：
爬出来吧，给你自由！
我渴望着自由，
但也深知道——
人的躯体哪能由狗的洞子爬出！
我只能期待着，
那一天——
地下的烈火冲腾，
把这活棺材和我一齐烧掉，
我应该在烈火和热血中得到永生。

山丹丹开花红艳艳

陕西省延安市吴起县第三小学六年级一班　白嘉妮

今天我给大家介绍的红歌作品是《山丹丹开花红艳艳》。

曾经有这么一条路，远征道阻且长；
曾经有这么一面旗，红色引领方向；
曾经有这么一群人，信仰展现光芒。

1935年10月19日，中共中央率领中央红军跨越11个省，历经二万五千里行程之后，成功到达陕北吴起镇。

演唱:

　　一道道的那个山来哟

　　一道道水

　　咱们中央红军到陕北

　　咱们中央红军到陕北

　　一杆杆的那个红旗哟

　　一杆杆枪

　　咱们的队伍势力壮

　　在那连绵起伏的陕北高原之上，漫山遍野都生长着一种学名叫野百合的六瓣花山丹丹花。绯红的胭脂色，每每在盛开时节都会给苍凉的大地铺上一层绚丽的亮色，和着黄土地上流传的信天游传达出一种高原特有的粗犷、辽阔与壮丽。

演唱:

　　山丹丹的那个开花哟

　　红艳艳

　　毛主席领导咱打江山

　　山丹丹的那个开花哟

　　红艳艳

　　毛主席领导咱打江山

　　毛主席领导咱打江山

　　千家万户

　　哎咳哎咳哟

把门开

快把咱亲人迎进来

热腾腾的油糕摆上桌

滚滚的米酒捧给亲人喝

围定亲人热炕上坐

满天的乌云风吹散

哎咳哎咳哟

　　红歌中的峥嵘岁月,是中国共产党百年征程的真实写照,是军民鱼水情血泪交融的不灭记忆,是我们新征程奋勇前进的力量来源。2021年是中国共产党建党100周年,在此谨以这首红歌回顾过往,重温党史,致敬那段不平凡的岁月。

聂耳与国歌

昆明市西山区书林第一小学二年级（7）班　高睿麟

聂耳原名聂守信，字子义，中国音乐家，1912年出生于昆明。聂耳极具音乐天赋，自幼学习竹笛、二胡等乐器，上中学后开始尝试学习钢琴。聂耳1928年加入中国共产主义青年团，1933年初加入中国共产党，1935年在日本海滨不幸遇难，年仅23岁。

聂耳的短暂一生中，真正从事音乐创作的时间还不到三年，但他给我们留下了极其宝贵的音乐财富。聂耳在创作上最注重生活的体验和感受，他曾踏着晨霜夜路体验女工上班的辛苦，创作出展现英勇觉醒女工的作品——《新女性》。他还与小报童交上了朋友，天天问寒问暖，并创作出脍炙人口的《卖

报歌》。1934年春,田汉决定写一个以抗日救亡为主题的电影剧本。在他刚完成故事梗概和主题歌歌词时,就被国民党反动派逮捕入狱。夏衍接手将这个故事写成了电影剧本,聂耳主动要求为主题歌《义勇军进行曲》谱曲。当他读着歌词时,仿佛听到了母亲的呻吟、民族的呼声、祖国的召唤、战士的怒吼,爱国激情在胸中奔涌,雄壮、激昂的旋律从心中油然而生。聂耳很快就完成了曲谱初稿,后来又在躲避国民党政府追捕的颠沛流离中完成了曲谱定稿。一首表现中华民族的刚强性格,显示祖国尊严、充满同仇敌忾、团结御敌豪迈气概的革命战歌就这样诞生了。它的每个音符,每个乐句,仿佛都蕴藏着千钧之力。这首歌在风雨如磐的黑夜,像黄钟大吕激励亿万群众,冒着敌人的炮火一往直前。而今,它作为中华人民共和国国歌,已响彻祖国大地。每当国歌奏响,一种振奋、一种激昂、一种骄傲、一种自豪的心情便会油然而生。运动场上,每次国歌奏响,都是对祖国和民族精神的一次礼赞;宣誓台前,每次国歌奏响,都是对革命前辈的一个承诺。我要高唱国歌实践对她的誓言:向着中华民族伟大复兴的中国梦——前进!前进!前进!进!

聂耳与国歌 | 225

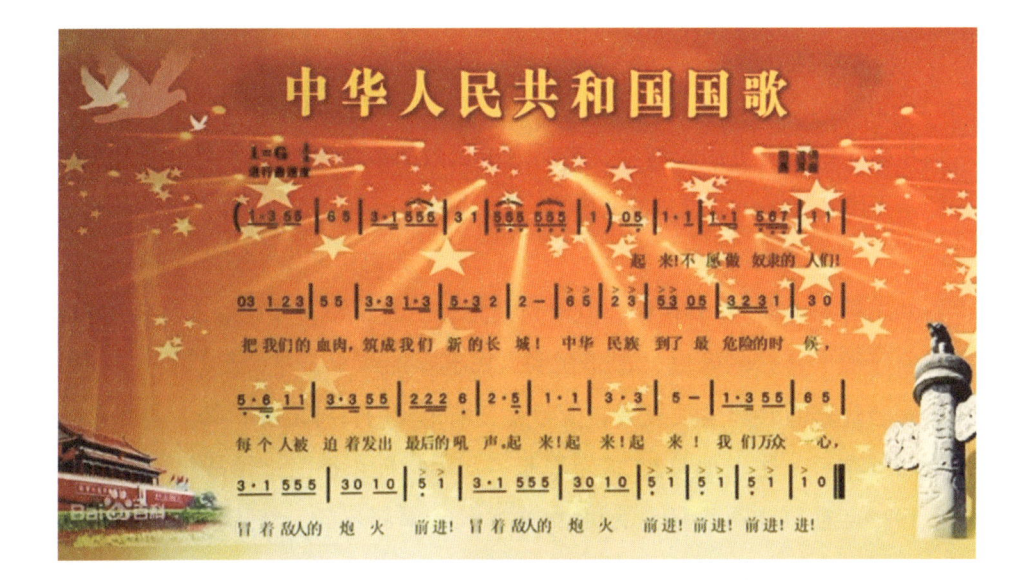

丹心照千秋

陕西省延安市宝塔区北关小学六年级七班　曹力天

在中国革命历史的长河中，曾涌现出无数的革命英雄。今天我为大家讲述的是人民英雄——刘志丹的故事。

刘志丹一生仅33个春秋，但他为人民做出的功绩，却让后人世代敬仰。他出身于殷实富裕的家庭，却感受到人民群众的深重苦难，毅然投身革命，成为一名优秀的共产主义战士。他曾是黄埔军校的将帅之才，却为共产党的兴衰荣辱奉献一生。他是红28军军长，却因指挥东征三交镇战役而血洒疆场。1935年底刘志丹被任命为红28军军长，率部东征，部队在经过陕西省

神府时，老百姓得知刘志丹的队伍来了，纷纷奔走相告，扶老携幼出门相迎。他们捧着小米、提着红枣来慰问心目中的大英雄。在络绎不绝的人群中，有一位双目失明的老大娘，边走边说："看看咱们的刘军长！看看咱们的刘军长！"人们便好奇地问："您老看得见吗？"大娘无限深情地说："是啊，我看不见，但我还摸不着吗？"于是在人们的搀扶下，大娘颤颤巍巍地走到刘志丹跟前，伸出她那双枯瘦的手，满含热泪，摸着他的脸说："好啊！好啊！刘军长，您可真是咱老百姓的救命恩人哪！摸摸你长啥样，我这心里就踏实了！"那颤抖的双手，那重复的动作，那朴素的语言，那纯真的情感，使在场的人无不落泪。刘志丹在老百姓心中，是真正的大英雄。但这位深受老百姓爱戴的刘军长，却在1936年4月将生命永远定格在了三秦大地上。他在指挥山西省三交镇老爷庙战役时，一颗呼啸的子弹，穿透了刘志丹的左胸，伤到了心脏，当即让这位钢铁般的战士倒了下去。鲜血从刘志丹的胸脯不断涌出，浸透了灰布军衣，染红了他身下的黄土地。在清理他的遗物时人们发现，这位赫赫有名的刘军长身上没有一分钱，只有半截铅笔头和两支抽了一半儿的香烟。他就这样，一贫如洗、两袖清风地离开了他为之奋斗、无比眷恋的陕甘高原，留给了人们无限的崇敬与怀念。1936年，为了纪念刘志丹将军，中共

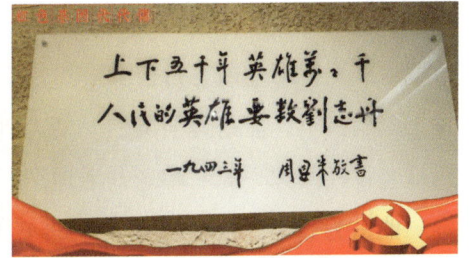

中央将他的家乡保安县改名为志丹县。1943年,志丹陵园落成,刘志丹将军的棺木从瓦窑堡迁回志丹公葬。沿途整整走了半个月,老百姓将白纸、白布、香表抢购一空,拦路跪祭英烈。刘志丹将军离开我们已经80多年了,但他仍然是老百姓所称呼的"咱老刘活地图"。他是毛主席评价的群众领袖和民族英雄。他是为新中国成立作出贡献的英雄模范,他的功绩彪炳史册,他的故事感召后人。正如周恩来所说:"上下五千年、英雄万万千,人民的英雄要数刘志丹!"

为人民服务的典范——张思德

陕西省延安知新小学五年级四班　张可馨

延安"四八"烈士陵园是中国共产党最早的一座高规格的烈士陵寝地,现在安葬着"四八"烈士以及在延安时期牺牲、病逝的28位革命先烈。但很多人却不知道,在陵园第二排的最右边安葬着一位普通战士,他就是共产党员——张思德。

张思德,出生在四川仪陇一个贫苦农民家庭。他曾三次过草地,经历了二万五千里长征。11年的军旅生涯中,张思德打过仗、送过信、开过荒、烧过炭。长征过草地时,还救过战友的命。从战士到班长,又从班长到战士,他能上能下,从不计较,无论党交给他什么任务,他都无条件服从并出色

完成。

　　1944年，为打破国民党反动派对陕甘宁边区的经济封锁，解决中央机关的冬季取暖问题，身为中央警卫团战士的张思德主动要求到安塞烧木炭。烧炭是最苦、最脏、最累的工作，烧炭时，炭上冒出的火花烤得人脸皮发疼，张思德全然不顾，烟灰呛得喘不过气来，他就竭力忍住。每次出炭是最紧张的环节，张思德总是第一个钻进窑里，以惊人的速度取出烧好的木炭，短短一个月的时间就烧出了五万多斤木炭。这些木炭放在一起就像一座小山，确保了中央机关整个冬天都不会受冻。超额完成任务的张思德和战友在窑洞前留下了这张珍贵的照片。这也成为张思德一生中唯一的一张留影。

　　1944年9月5日，张思德和战友小白分在一组进山挖新窑，就在窑洞快要挖成的时候，突然，窑顶上掉下了碎土。张思德大喊一声"危险！"，猛然地将战友推出了窑口，只听"轰隆"一声，两米多厚的窑顶坍塌下来。就这样，一个鲜活的生命永远定格在29岁，永远地留在了一个叫石峡峪的小山沟里……

　　9月8日下午2点，毛泽东主席亲自参加了张思德的追悼会，并做了重要讲话："人固有一死，或重于泰山，或轻于鸿毛。为人民利益而死，就比泰山还重……张思德同志是为人民利益而死的，他的死是比泰山还要重的……"一时间，张思德的名字伴随着毛泽东主席振聋发聩的演讲传遍整个延安，传遍了陕甘宁边区，传遍了全国抗日根据地。从此，为人民服务就成为激励一代又一代共产党人的座右铭。张思德的名字和形象也成为"为人民服务"的代名词。

革命的成功需要有人在枪林弹雨中冒死冲锋，也需要有人在平凡的岗位上默默奉献。张思德以他平凡的人生阐释了全心全意为人民服务的根本宗旨，也成为我们学习的典范和楷模。

讲解片名：红色的记忆

吉林省临江市第一中学 2 年 12 班　王艺霖

时间定格于 1946 年冬天，12 月 11 日至 14 日。围绕着主力部队是留在南满坚持斗争，还是撤到北满保存力量的重大问题，时任南满军区司令员的萧劲光和政治委员的陈云组织召开了军区师以上干部的"七道江军事会议"。会上，群情激昂，各抒己见，争执时断时续。陈云最后做出结论：我们不走了，一个纵队也不走，都留在南满，当孙悟空，在长白山上打红旗……2 月 17 日，四保临江打响了第一战，接着第二战，第三战，第四战，直到把国民党 10 万兵力打得落花流水，全线崩溃！四保临江无疑为加速东北和全国的解放奠定了基础。

时间砥砺信仰，岁月见证初心。我现在所处的位置就是临江的陈云爷爷旧居。（室内边走边解说）这里大量的珍贵图片和史料，介绍了陈云爷爷在临江工作的经历和四保临江战役的详细经过。在这里，大家可以深刻感受一代伟人临危受命、运筹帷幄、力挽狂澜、勇于战略决策的大无畏气概和超强的革命胆略。

有一首歌是这样写陈云爷爷的：有一个穿便装的军人，在鸭绿江边折下

一根青柳。这根手杖扶住了东北,扶住了1946。生死抉择,战局迷雾,血红雪白1946。共和国的春雷在七道江奔走,无数年轻的生命从此永久停留。冬去春来1946,永久开在中国春天的枝头。历史的天空硝烟散尽,尘埃落定,东北民主联军四保临江坚持南满斗争的伟大胜利已载入史册。陈云爷爷作为领导这一艰苦卓绝斗争的主要领导人之一,人们将永远铭记他的突出贡献,白山黑水将永远歌颂他的卓越功勋。

历史燃烧着这片土地上的血与火。今日的临江,城市转型,投资聚焦,产业兴旺,城乡一体,民生优先,社会和谐,绿色生态,充满着欣欣向荣的青春活力!今日的临江,思想解放,求新求变,充满着改革创新的蓬勃朝气。生长于这方红色土地的我们定将踏着红色的足迹,继往开来,与时俱进,以最饱满的热情为建设美丽家乡贡献己力!

今天,伟大的中国共产党已走过100年的光辉历程。100年前的那条红船乘风破浪,带领中华民族巍然屹立于世界民族之林!今天,我们缅怀革命先烈,弘扬优良传统,激发奋进力量!历史镌刻辉煌,岁月铭记荣光。只有让初心薪火相传,才能把使命勇担在肩;只有让红色的基因、革命的信仰、奋斗的精神、崇高的思想、高尚的品德通过一个个红色故事传播开来,并一代代地传承下去,才是对历史的真正致敬,对先辈的虔诚缅怀!

正值党的百年华诞,让我们向伟大的中国共产党致敬!向伟大的祖国母亲致敬!让我们用奋斗的生命照亮红色的中国!

红色基因代代传 ——"百宫千馆万校"少年儿童讲述党史故事

毛泽东背粮

陕西省延安育才学校三年级学生　谢雨航

1928年，敌人对井冈山革命根据地进行"围剿"和经济封锁。为了粉碎敌人的阴谋，毛泽东委员号召红军运粮上山，储备足够的粮食，准备对付来犯的敌人。

挑粮上山是个艰巨任务。从宁冈到大井、小井，往返上百里山路，还要翻越上千米高的黄洋界，别说肩膀上挑着粮担，就是空手走一趟，也累得不得了。

尽管挑粮上山是如此艰辛的劳动，毛泽东全然不顾，毅然加入了运粮队伍的行列。

一天上午,毛泽东背了满满一袋粮食,大步走在挑粮上山队伍的最前面。来到黄洋界,已是中午时分。向上望是群峰高耸,往下看是万丈深渊。毛泽东背着一袋沉重的粮食,却走得又快又稳。战士们看到毛泽东的衣服被汗水湿透了,非常心痛地说:"毛委员,让我们来背吧,别把您累坏了。"毛泽东一手护住口袋,一手擦着汗水,笑着说:"你们担得够多了,再加上我的,不是要把你们累坏吗?不要紧,我背得动!"

过了黄洋界,来到五里排的大槲树下,毛泽东招呼大家放下粮担休息一会儿,问大家累不累,大家齐声回答不累,其中一个战士还蹦了几蹦,逗得大家笑了起来。

另一个战士说:"现在累一点不要紧,我们粮食存足了,就不怕敌人进攻了。他们要敢来送死,就把他们消灭在黄洋界下!"

毛泽东点点头说:"说得对!为了革命的胜利,我们就是要不怕苦不怕累。我们今天挑粮是为了革命,将来我们还要挑更重的担子。"

毛泽东望了望远方,接着问大家:"站在这里能看到什么地方?"

同志们回答:"可以看到江西,还可以看到湖南。"

毛泽东又问:"再往前看呢?"

1928年敌人对井冈山革命根据地

大家说:"远处看不到了。"

毛泽东说:"站得高,才能看得远。站在这里不仅可以看到江西、湖南,还可以看到全中国,全世界!我们背粮上山,就是为了把中国革命进行到底。"

大家听了毛泽东的话,感到浑身增添了使不完的力量,他们挑起粮担,唱着山歌,跟着毛泽东又继续前进了。

血染湘江的陈树湘

广西桂林市兴安县第一小学四年级　赵屹程

现在我所处的位置是红军长征突破湘江烈士纪念碑园，80多年前在兴安这块热土上发生了一场关系到中央红军生死存亡的关键之战，那就是湘江战役！湘江战役我军与优势之敌苦战，终于撕开了敌重兵设防的封锁线，突破了第四道封锁线，但付出了巨大的代价。渡过湘江后，中央红军和军委两纵队，已由出发时的8.6万人锐减到3万人。在湘江战役中有一位英雄人物，他英勇善战、驰骋战场。他就是红34师师长陈树湘。下面就让我来给大家讲述一下英雄人物陈树湘的故事……

1934年11月25日，陈树湘接到军团部命令：要求34师留在原地"坚

血染湘江的陈树湘 | 239

决阻止尾追的敌人",以掩护第八军团,同时担任整个中央红军的后卫。

此时,34师处在了敌人的四面包围中。陈树湘面对数十倍于己的敌人,毫不畏惧。他镇定自若地指挥红34师将士沉着应战,奋力抵抗。经过三天三夜的艰苦战斗,打退了敌人一次又一次的冲锋,终于掩护了中央机关、中革军委纵队和主力红军渡过湘江,挽救了红军,挽救了党。

但在这次突围中,陈树湘不幸腹部中弹被俘,敌人抓到陈树湘这名红军师长,准备向上司邀功。面对敌人的威胁利诱,他毫不动摇。陈树湘趁敌不备,忍着剧痛,扯出肠子,并将肠子绞断,壮烈牺牲,那一年他才29岁,实践了他"为苏维埃流尽最后一滴血"的豪迈誓言!

陈树湘牺牲后,敌人将他的头割下,在道县县城悬挂了三天三夜。而城墙的正对面,就是他的家,家门后有他年迈而卧床不起的老母亲,还有他年

轻的妻子陈江英,一直期盼着丈夫的归来。可是,让他们没有想到的是,日思夜念的亲人却是以这样的方式,永远离开了他们。

崂山遇险

延安凤凰山革命旧址小小讲解员　陈思怡

九一八事变后，日本不断蚕食中国领土，随着全国抗战形势的发展，全国人民的爱国情绪日益高涨。

1937年4月2日，西安事变和平解决后，周恩来回到延安，住在了凤凰山下。为了促进抗日民族统一战线的形成，他经常外出谈判，在此居住的时间并不长，一共居住了3个多月。但在此居住时，他经历了一生中最惊险的一件事，也就是崂山遇险。

崂山，位于延安南20公里处，1937年4月25日，吃完早饭后，周恩来乘坐敞篷卡车，从延安出发去同国民党谈判。汽车在山间公路奔驰，车轮卷起阵阵黄土，到达崂山地区后，汽车刚刚爬过一个陡坡，突然，枪声大作，密集的子弹从三面射来。司机首先中弹，轮胎也被打破，汽车抛锚。匪徒占据三面山头，居高临下，用机枪、步枪射击，而我方只配有驳壳枪和手榴弹，射程有限。一时间，枪声四起，硝烟弥漫。随从副官陈友才腿部中弹，强支着身体指挥还击。在这危急时刻，跳下车的张云逸、孔石泉等人便掩护

周恩来迅速向右侧小山沟转移。陈友才见此情况于是有意暴露目标,敌人发现这个头戴礼帽身着西服脚踩长筒马靴的人正在指挥,就把火力集中到陈友才身上,陈友才为了掩护周恩来,主动迎战,吸引敌人火力,拖延时间。

周恩来脱险了,陈友才等11位战士牺牲了。匪徒冲上车,从陈友才的口袋里搜出了周恩来的名片,因他穿着打扮与周恩来酷似,误认为他是周恩来,残忍地在他身上连刺了20多刀,汩汩鲜血浸透了衣衫……

1973年6月,周恩来回到延安,他几次打听陈友才及崂山遇难烈士的墓在哪里?当他得知,坟墓至今还未找到时,他的眼眶湿润了。他紧紧握住延安地委副书记土金璋的手说:"友才是个好同志,作战很勇敢,也很机敏,湫沿山遇险,他是替我死的。我个人托付你们再想办法找找,如果能找到,我

一定回来亲自祭奠他……"

但是非常可惜,由于日军飞机轰炸和胡宗南的侵占破坏,我们再也没有找到陈友才及崂山遇险烈士的墓,而当年陈友才同志牺牲时只有23岁。

周恩来一生都没有忘记这次遇险。1976年在他逝世后,工作人员从他贴身的衣袋里翻出了一张他随身携带的,已经发黄了的旧照片。照片上是崂山遇险幸存几位同志的合影,照片背后,是他亲笔所写的八个字:"崂山遇险,仅存四人。"

时光荏苒,那个年代的烽火已随历史远去,但它所淬炼出的精神却历久弥新。若你迷失于浮华的物质世界,不妨走进一个个旧址、一孔孔窑洞,看看发黄的相片、破旧的桌椅,再次回顾老一辈无产阶级革命家出生入死之险、丧亲失友之痛,寻回类似于"为中华之崛起而读书"的初衷与志向。

牢记历史才能不忘初心,善于传承才能继续前进。

学先辈事迹传红色精神

甘肃省泾川县第三小学少工委

学党史强信念跟党走,亲爱的队员们,今天我们一起来学习吴焕先烈士的事迹。

田歌:

吴焕先生于1907年,湖北省黄安县(今河南省新县)人,是我国无产阶级革命家、政治家和军事家,鄂豫皖苏区早期革命运动的领导人之一,红二十五军的缔造者和主要领导者。1935年长征途经甘肃泾川时在四坡村战斗中不幸壮烈牺牲,年仅28岁。吴焕先烈士是长征途中在甘肃牺牲的最高级别的红军将领,毛泽东主席曾高度赞扬道:"红二十五军远征为中国革命立了大功,吴焕先功不可没!"在2009年新中国成立60周年时,吴焕先被评为"100位为新中国成立作出突出贡献的英雄模范人物"之一。

陈纪璇：

吴焕先小时候家道殷实，7岁就被送进了私塾读书，16岁时考入湖北麻城蚕业学校。在校期间大量阅读《新青年》等革命书籍，接受革命思想，立志投身革命。

1924年，吴焕先加入中国社会主义青年团。

1925年暑假，吴焕先与戴季伦、戴克敏、曹学楷等人同登天台山，在主峰吟诗一首："四望众山低，昂然独出奇。白云分左右，惟尔与天齐"，表达了他远大的革命志向。

陈果：

1927年大革命失败，全国处于国民党反动统治之下，白色恐怖蔓延，无数革命人士惨遭杀害，革命活动一时陷入低潮。吴焕先号召领导当地群众先后发动了"九月暴动"和"黄麻起义"。

贵梓涵：

1934年11月16日，根据中共中央创建新苏区的指示，吴焕先率领红二十五军高举"中国工农红军北上抗日第二先遣队"的旗帜从何家冲出发开始伟大的战略转移——长征。

独树镇战斗是一次极为险恶的遭遇战，红二十五军由桐柏山转而北上伏牛山时，在独树镇遭受国民党军的猛烈攻击，在关键时刻，军政委吴焕先身

先士卒抽出一把大刀，率部与敌展开肉搏，经过一番恶战打退了敌军的疯狂进攻。

王博文：

1935年8月21日，红二十五军冒雨急行，到达泾川县王村镇四坡，在与国民党激烈斗争中，吴焕先始终冲锋在第一线，面对敌人的猛烈扫射，他毫无畏惧、英勇奋战，不幸中弹，壮烈牺牲。程子华、徐海东等军首长将烈士秘密安葬在了沨丰镇郑家沟村宝盒子山脚下。

吕嘉怡：

四坡战斗胜利后，副军长徐海东带领红二十五军于1935年8月31日晚，从平凉四十里铺北渡泾河，进入庆阳地区，于9月15日胜利到达永坪镇。"永坪会师"极大地加强了陕甘根据地的革命军事力量，为党中央把中国革命的大本营安置在西北创造了政治、军事和经济条件，同时也拉开了中国工农红军三军大会师的序幕，更为之后的红一、二、四方面军在甘肃会宁会师奠定了基础和保障，是中国工农红军长征史上一座永远的丰碑！

学先辈事迹传红色精神

永远的丰碑　不灭的军魂

100位为新中国成立作出突出贡献的英雄模范人物之一

在陇东高原、长征路上，长眠着年轻的红二十五军政委、大别山人民的优秀儿子吴焕先烈士。那庄严的墓碑记录了烈士光辉的一生，他的革命道路始于震惊全国的黄麻起义。

吴焕先（1907-1935），湖北省黄安县（今属河南省新县）人，1924年加入中国社会主义青年团，1926年加入中国共产党。鄂豫皖苏区早期革命运动领导人之一。历任中共黄安县委书记、鄂豫边土地委员会主任、鄂豫皖特委委员、红二十五军七十三师政委、红四方面军总政治部主任、鄂豫皖省委常委、红二十五军军长、政委、鄂豫陕省委副书记、代理书记等职。吴焕先是无产阶级革命家、政治家和军事家，为鄂豫皖和鄂豫陕两块革命根据地以及中国工农红军的创建和发展，为中国人民的解放事业做出了巨大贡献。

吴焕先
（1907-1935）

无产阶级革命家、政治家和军事家，为鄂豫皖和鄂豫陕两块革命根据地以及中国工农红军的解放事业做出了巨大贡献

餐桌旁的领袖

陕西延安育才学校　李沫橘

在延安杨家岭毛泽东旧居前，陈列着一张方形石桌。它高一尺五寸，边长二尺，是陕北极为常见的普通石桌。在火红的延安岁月里，毛泽东主席曾多次在这里就餐，作为餐桌它见证了一代伟人克己为民、艰苦朴素的精神风范。

1940年秋，爱国华侨陈嘉庚先生回到祖国，为了取得这位财神爷的支持，蒋介石极尽奢侈，大摆宴席，仅仅一顿饭便花去了800大洋。面对如此奢华的场面，陈嘉庚失望了，国难当头，民族危亡，仅仅一顿饭便花去了800大洋，中国的希望在哪里？带着这样的疑问，陈嘉庚不顾蒋介石的极力反对，

风尘仆仆来到延安。为了表示对这位华侨领袖的尊敬，主席特意在自己的小院里宴请了陈嘉庚。这顿饭，没有豪华的餐厅，更没有讲究的餐桌，主席只是在这张小石桌上铺了两张报纸当桌布，摆了四样菜，除了主席亲手种的白菜、豆角、辣椒，还有一盆清炖鸡肉。席间，主席风趣而幽默，他指着鸡肉笑着说："我的薪水有限，买不起鸡，这是邻居大娘听说我家里来了贵客，特意把她家养的老母鸡杀了送来，今天我可是沾了您的光喽。"讲到这儿，我想请大家猜一猜，主席请陈嘉庚吃的这顿饭究竟花了多少钱？仅仅花了两角钱。面对800大洋与两角钱的鲜明对比，陈嘉庚感慨万千，他指出中国的希望在延安，中国共产党和毛主席，才是中国的希望与救星！是啊，自古以来成由勤俭败由奢啊！

　　同学们，主席与小石桌的故事讲完了。我不是刻意地让大家去模仿什么，只是，当你觉得饺子吃腻了的时候，当你抱怨零花钱太少的时候，当你吹灭生日蜡烛的时候，请你想一想，想一想杨家岭那张铺着报纸的小石桌，想一想共和国领袖艰苦朴素的精神风范……

祖孙三代信守诺言，悉心照看红军墓近 90 载

广东韶关至和汤邓淑芳纪念小学三（5）班　廖馨

我是广东省韶关市青少年红色志愿讲解员廖馨，欢迎来到红军长征粤北纪念馆。红军长征粤北纪念馆是广东省内唯一以红军长征为主题的纪念馆。纪念馆共分为五部分，全方位展示了红军长征突围粤北的光辉战斗历程，记录了一个又一个感人的故事。今天我给大家分享的故事是《祖孙三代信守诺言，悉心照看红军墓近 90 载》。

1931 年 1–2 月，广西左右江地区的红七军远征进入粤北。2 月 3 日，国民党军向红七军阵地发起攻击，红军奋起迎战，战斗十分激烈。

以勇猛著称的红七军二十师师长李谦，带领战士们以寡敌众，一共击退

敌人的8次冲锋，但不幸腹部中弹，肠子都流出来了，只见他一手挥舞着驳壳枪，一手捂着中弹受伤的腹部，强忍剧痛，坚持指挥战斗。战至傍晚，敌军暂停进攻，红七军果断撤离。梅花圩战役是红七军远征进入粤北期间，最为悲壮和最为惊心动魄的一战。

战斗结束后，李谦被送到附近村民廖文成家中养伤，但由于大山里缺医少药，加上那年冬天特别冷，李谦的伤势迅速加重，不到半个月便牺牲了。护送李谦师长的两名警卫员，在出发寻找部队之前，曾告诉廖文成，牺牲的军官名叫李谦，年仅22岁，是红七军在梅花圩战役中牺牲的最年轻的师长。并写下一张纸条，简要记录了李谦师长疗伤的经过，恳请廖文成帮忙照看好李谦师长的遗骸，待革命胜利后再来找他。受红军嘱托，居住在石子坳山上的廖文成，便将李谦师长的遗体掩埋在自家房屋旁，由于怕暴露，不敢刻碑文，并对外称是自家的祖坟。自此，有了廖家三代人孤守红军墓的感人故事。

廖聪济是廖文成的孙子，也是李谦师长的第三代守墓人。他回忆爷爷去世前一再叮嘱，要像照顾家坟一样照顾李谦烈士墓。从童年开始，每年的春节、清明、中秋，他的父亲廖更新都会带着家人们一同去祭拜李谦烈士墓。新中国成立后，由于廖家居住在深山里，平日里来往的人很少，守护红军墓

的事鲜有人知。在 2009 年韶关市第三次文物普查工作中，有关方面确证了李谦烈士墓的存在，廖家三代人孤守红军墓的感人故事才被大家熟知。在 2010 年 12 月，李谦烈士的遗骸被迁葬到了乐昌市梅花镇新建的红七军革命烈士纪念园。随后，第三代守墓人廖聪济也迁出了大山，成为纪念园的一名管理人员，继续守护着李谦烈士的英魂，也一同守护着血洒粤北大地的 700 多名烈士的英灵！

处处为群众利益着想

宝塔小学　李承泽

1943年秋的一天上午,从杨家岭开出的一辆小汽车,飞快地向枣园驶去。车后扬起的尘土好似一条黄龙向前飞腾。刚拐过阳崖村,迎面来了几头毛驴,司机周希林急忙按喇叭让赶毛驴的老乡让道。谁知,山沟里的毛驴没有见过汽车这个庞然大物,一听这"嘟——嘟——"的怪叫声,以为是什么野兽要扑上来了,便把头往后一转,尻子一撅,伸开四条腿,发了疯似的奔跑起来,驮着的口袋甩在路上。赶驴的老乡也慌了手脚,不知拦哪一头好。

老周减慢了车速,想绕开掉在路上的口袋,继续向前开,忽然一只大手按在他的肩头,示意要他停车。车停了,一位身材高大的首长走下了车,他

大步向站在路边发愣的老乡走去。老乡抬头一看，来人的嘴唇下边有一颗明显的痣。啊，这不就是咱们受苦人的大救星毛主席吗？毛泽东走上前，向老乡表示歉意。经询问，才知道是枣园上川的老乡进城交公粮的。因为离书记处开会的时间已不多了，毛泽东主席便用商量的口气说："老乡，这样好不好？你稍等一会儿，回头让汽车帮你把粮送到粮站去，牲口受了惊吓，它自己会跑回去的。"

这位老乡一听毛主席要用汽车给自己送粮，一时激动得不知如何回答才好。他想毛主席工作那么忙，怎么好为这点小事去打扰他呢，正要谢绝，毛主席已经向他挥手告别了，临上车又说："咱们说好了，请你稍等一下。"车一到枣园，毛主席就让老周掉转车头去给老乡运粮。周希林虽然开着车把粮给老乡运到了粮站，可心里还有些想不通。心想，这点芝麻绿豆大的事，主席也这样认真。

晚上，毛泽东招呼周希林到办公室去，说白天的事，是咱们做得不对，见到毛驴，早些减速停车，不按喇叭，也许毛驴不会受惊。咱们的车惹了祸，回头去帮老乡，完全是应该的。

最后，毛主席又谆谆教导说："因为我们是为人民谋利益的，所以，应该时时处处为人民群众着想。这不是件小事，往后，一定要引起注意。"

周希林回到住处，不住地思考着主席的话，越想心里越亮堂。以后就没有再出现类似的事情。

什么叫群众领袖，这就是群众领袖——毛泽东！

郭一清：带头革命从自家起

江西省信丰市信丰第一小学四年级　袁艺璇

1925年夏，郭一清在赣州省立第二师范读书时，便加入了中国共产主义青年团，在学校组建了赣南第一个共青团组织，并担任支部书记。1926年冬由团转党后，组织上安排他回信丰县领导农民运动。他和其他同志一起，发动农民建立农民协会，开展"二五减租"、抗租抗息的斗争。

那一年，信丰正好闹饥荒，春节刚过，许多农民就没有粮食了。农民们希望农会能帮助他们渡过难关。郭一清认为，农民的要求合情合理。于是，他选定某一天，召开群众大会。他在会上说："农会是为大家办事的，而今有许多农友饿着肚皮闹革命，我作为工农运动指导员首先是要负责任的。"

接着，他把手一挥，激昂地说："不是说一切权力归农会吗？我们辛苦种出的粮食为什么没有权利享用，要年年挨春荒呢？我们必须团结起来，向土豪要饭吃……今天就先开我家的谷仓，如果有人觉得不好意思，那就算是借粮度荒吧。不过，可以老虎借猪不要还的！"

贫苦农民听后，立即欢呼起来。

郭一清带了头，信丰党组织另一位领导人黄达，也公开表示，欢迎农友到他家开仓分粮。

其实，郭一清家是自耕农，农忙时请几个短工，荒年放两担谷子，最多是个富裕中农，在当时，革命还革不到他家头上。但是，为了发动群众，为了给其他土豪劣绅施加压力，他却带头开仓分粮，革命从自家革起。这是何等光明磊落的襟怀！

此后，郭一清领导了信丰农民武装暴动，建立了赣南工农革命军第二十六纵队。1929年4月，他率领全纵队加入彭德怀的红五军，担任红五军政治保卫大队党代表；1930年6月，升任红三军团第八军第一纵队政治委员。同年7月，在随红三军团攻打长沙的战斗中，英勇牺牲，为革命献出了自己年轻的生命。

这就是郭一清的故事，他这种无私的革命精神，为千千万万共产党员树立起一面光辉的旗帜！

一条棉絮的故事

延安凤凰山革命旧址小小讲解员　杨子墨

延安凤凰山毛泽东旧址的窑洞里有一条陈旧的棉絮，这条棉絮虽然经过几十年的峥嵘岁月变得陈旧了，但它却记载着一位历史伟人对普通战士的关怀、爱护和革命同志之间的阶级友情。这条棉絮是毛泽东送给他的警卫员贺清华的御寒之物。1987年5月，毛泽东当年的警卫员贺清华回到延安看见这床棉絮以后，再一次流下了激动的泪水。他永远都不会忘记主席当年给他这条棉絮的情景。

1937年冬天的延安,天气特别冷,凛冽的北风无情地穿过窗户纸,给原本就不暖的窑洞更增添寒冷。已经工作到半夜的毛泽东走进贺清华的窑洞时,看见贺清华还没有睡着,就走到他的床边,伸手摸了摸被子,关切地问:被子太薄了,冷吧?贺清华急忙回答说:不冷。毛泽东又看了看地上新加的木炭火,说:炭火不能烧得太旺,小心煤气中毒。过了一会儿,毛泽东抱着一条新棉絮走进来,把棉絮盖在了贺清华的身上。贺清华知道,这条棉絮是不久前从西安捎回来的,主席也没盖几天呢,他想把被子还给主席,可毛泽东一面用手按住被子,一面说:别争了,这屋里冷,你留着吧!

　　后来这条被子就一直跟随着贺清华,从延安到北京,也伴随他度过了革命生涯中最艰难的岁月。由于时间长了,被子的里子和面子已经换了好几次,但棉絮却一直完好无损。1957年,凤凰山旧址开放时,贺清华把这条跟随了自己20年的珍贵文物捐赠给了延安革命纪念馆。

　　如今,这条棉絮的两位主人已经永远地离开了我们,但他们相互关心的阶级友情却永远光照人间。

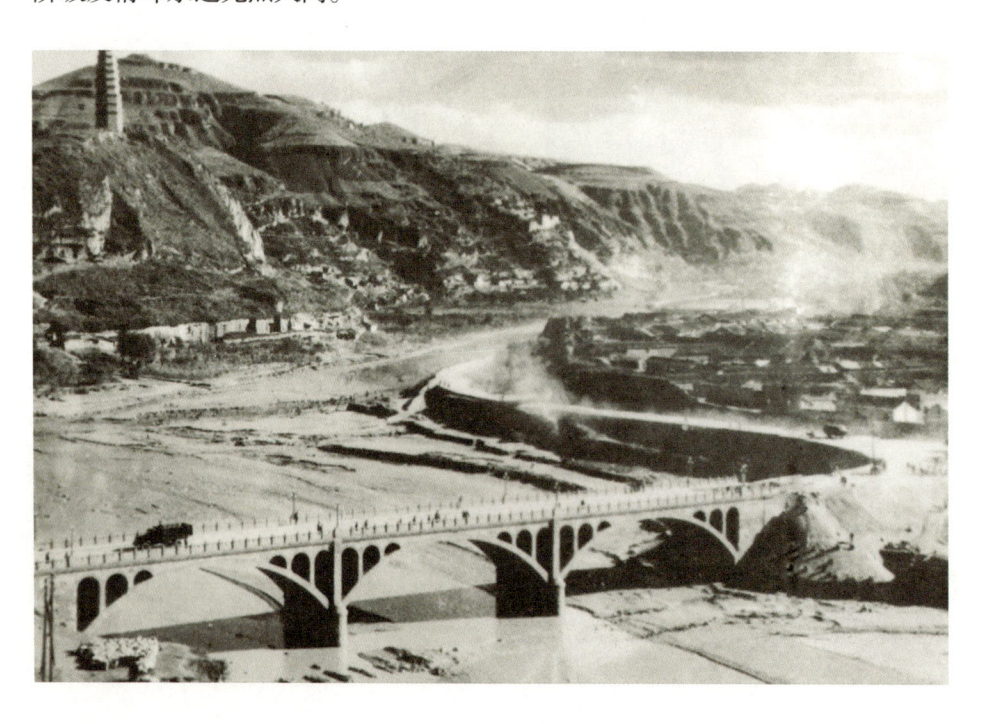

一条棉絮的故事 | 261

小兵张嘎

浙江省湖州市新风实验小学　蔡其真

抗日战争时期，在冀中平原的一个小村子里，有一个孩子，名叫张嘎。他一心想当八路军。小嘎子唯一的亲人就是奶奶。他和奶奶相依为命。

他很崇拜奶奶，因为奶奶竭尽全力保护着八路军。然而有一天，奶奶为了掩护隐藏在他家养伤的八路军老钟叔叔，不幸被敌人杀死了，而老钟叔叔也被敌人抓走了。同学们，你们想想这一切，对于一个孩子来说，是多么悲惨啊！可嘎子并没有被这些残酷的现实而打垮。当老满父子为掩护他而被敌人毒打时，嘎子挺身而出，坚定不移地告诉敌人："我就是你们要找的八路军，跟他们没有关系！"

嘎子被敌人关在炮楼里也并不退缩求饶，当八路军部队攻打敌人炮楼时，嘎子设法在里面放火，里应外合，把敌人打得落花流水！不但救出了老钟叔叔，也替奶奶报了仇。

小兵张嘎是我心中的小英雄，他爱国，热情，幽默，机智，坚强不屈。我们应该把他的这种革命精神用到生活和学习中。面对困难，勇于克服，不怕挑战、不怕挫折！

同学们，让我们一起珍惜今天来之不易的和平年代，争做新时代的好少年。让我们像小兵张嘎一样为祖国美好的明天贡献自己的力量！

一口红军锅

吴起中央红军长征胜利纪念园红领巾讲解员　高旭锐

在吴起县革命纪念馆的展厅里，陈列着一口泛着淡黄色、浑身布满裂痕不得不用胶泥和竹条加固的水缸，这口缸被吴起老百姓亲切地称为"红军锅"。

1935年10月18日，中国工农红军陕甘支队从定边县的白马崾岘一带到达吴起镇头道川的铁边城。19日下午，天刚擦黑，头道川倒水湾村村民张宪杰看到一支衣衫褴褛的队伍，沿着河谷由远而近走来。这些人身上穿得破破烂烂，多数人脚上穿的是草鞋、麻鞋，几双稀罕的布鞋也都露着脚趾，一个个脸上、手上、脚上布满冻疮，伤痕累累。此景让张宪杰看得心里纠结不已。

征得张宪杰同意后，队伍在倒水湾村驻扎下来。拾柴，埋锅，顷刻之间，张宪杰家的院子热闹起来。这时候，一道难题出现了，由于队伍里战士多，用来煮饭的锅不够用了。有战士提议用水缸代替锅，于是，几块石头一搭，水缸架到火上就成了一口锅。

当时红军带的食物除了黑豆、糜子，就是荞麦、谷子，都是带皮难熟的东西。柴火一加，粮还没煮熟，缸就被火烧裂了几道缝。又冷又饿的战士们只能抓起破缸里半生不熟的食物往嘴里塞。张宪杰看在眼里，疼在心头。他多想给这群可爱的战士们熬一锅热乎乎的粥，可是家里却拿不出半碗米来。

离开的时候，红军战士把那口裂缸洗得干干净净，又拿出两块银圆赔偿张宪杰。张宪杰坚决不要。

"这是纪律。你不要那我们就违反纪律啦。"在战士们一再坚持下，张宪杰只好把钱收了。送走这群可爱的红军后，张宪杰请人把裂缝的水缸箍好，用来存放粮食，这一用，就是30年。

直到1966年吴起革命纪念馆组织收集革命文物。张宪杰知道这个消息，第一时间就把当年这口缸捐了出来。1992年，陕西省文物鉴定小组将这口缸认定为国家三级革命文物，从此它也有了一个响亮的名字——"红军锅"。

军爱民，民拥军，军民鱼水一家亲。时代变迁，精神永恒。我们是长在国旗下的儿童，我们是幸福的一代。让我们弘扬长征精神，努力拼搏，去追寻金色的理想，追寻明媚的春光，追寻火红的太阳！

"广州起义烈士陵园"红色研学实践宣讲活动稿

广州市科学城小学四年级四班　涂真

2021年是中国共产党建党100周年，下面我将作为红色宣讲员，带大家走进红色景点——广州起义烈士陵园，一起学党史，弘扬红色精神。

烈士陵园慰忠魂，爱国精神记心间。走进烈士陵园，我们可以看到大门石壁上刻着的由周恩来总理题写的"广州起义烈士陵园"八个大字，可谓气势宏伟。陵园由陵、园两部分组成，主体建筑包括正门、广场、陵墓大道、广州起义纪念碑和圆拱形的陵墓。墓旁苍松翠柏，红花吐艳。还有辛亥革命红花岗四烈士墓及叶剑英墓等，陵园东部建有中朝人民血谊亭、中苏人民血

谊亭以及血祭轩辕亭，有朱德、董必武、叶剑英等的题吟。西南有广东历史博物馆。陵园坐落在岗地湖畔，纪念性建筑物和自然环境浑然一体，在一片青山绿水之中点缀以碑亭桥榭，在遍地红花的坡地中交织着石道幽径，整个陵园风景秀丽。

这些都是为了纪念谁呢？下面就让我讲一下烈士陵园背后的故事：90多年前，中国共产党人和革命群众为反抗国民党反动派的疯狂迫害和屠杀而发起了广州起义。起义军民经过4个多小时的战斗，多处反动军队均被消灭。当日上午，广州市苏维埃政府成员和工农兵执行委员会举行第一次会议，宣告广州市苏维埃政府成立。当天，广州市工人、农民和市民欢欣鼓舞，热烈拥护革命政府，积极参加起义。然而，起义的第二天，形势急转直下。反动势力与帝国主义勾结，进行疯狂反扑。起义军前仆后继，浴血奋战，但终因寡不敌众，起义失败，5000多位起义者惨遭杀害，英勇牺牲。部分烈士遗骸丛葬于红花岗。为了纪念这些烈士，新中国成立后，广州市政府在当年烈士牺牲的红花岗兴建了这座富有民族风格的烈士陵园。

青山默默，松涛阵阵。如今硝烟已经散尽，我们生活在和平的岁月里，无法体会到战争的困苦与磨难，无法体会到枪林弹雨和血雨腥风，最多只能

红色基因代代传——"百宫千馆万校"少年儿童讲述党史故事

是在书中、长辈的教诲和电视剧中去体会和感悟先烈们无所畏惧、勇往直前的英雄气概和爱国主义精神。但是我们知道，生命是最可贵的，为了我们这些后人的幸福，先烈们不惜献出自己宝贵的生命。我们应该懂得幸福生活来之不易。

我们生活在新时代，拥有幸福的生活，当年烈士们浴血奋战的每一寸土地，今天已鲜花朵朵，绿草茵茵。当年硝烟弥漫的天空早已碧空如洗，红旗飘扬。和平年代，虽然我们不需要像先烈们那样抛头颅、洒热血，用身躯筑起共和国的长城，但是我们肩负复兴中华的使命。

梁启超曾说："少年智则国智，少年强则国强。"同学们，作为一名光荣的少先队员，就让我们继承先烈遗志、发扬前辈爱国精神，珍惜美好少年时光，为实现中华民族伟大复兴努力学习，努力奋斗！

"广州起义烈士陵园" 红色研学实践宣讲活动稿

现场教学：从芦花会议始末看党内团结

四川省成都七中万达学校初中部三年级七班　泽朗丹木真

第一部分　介绍芦花会议旧址

各位学员：大家下午好！

现在大家面前看到的是中共中央政治局芦花会议会址。会址位于芦花镇中芦花村，距离县城2公里，为石木结构的四层藏式民居建筑。2006年，被国务院确定为"全国重点文物保护单位"。2008年"5·12"汶川大地震中，整幢建筑受到了不同程度的损坏。灾后重建时，黑水县对整体建筑、内部陈设及附属工程进行了修缮和维护。

红军长征时期，这是当地头人泽旺的家，也是附近最巍峨的建筑。泽旺

是中芦花奎尼寨的头人，也是梭磨土司的管家、芦花地区的法官，精通藏语、本地话等多种语言。

1935年7月10日，红军到达芦花时，因为此前国民党的反动宣传，泽旺早早地就带着一家老小逃到了山上，暗暗观察红军的一举一动。他发现红军并没有侵扰当地藏民的家，而是在寨子附近扎满了帐篷，寨门口的4个帐篷前还各竖着一面红旗，并不像国民党宣传的那样是一支一路杀烧抢砸的部队。因此，7月13日，他壮着胆子独自回到家中，不仅看到家里的东西没有丝毫损坏，而且一位红军首长还和蔼亲切地和他进行了交谈，向他详细介绍了红军的意图和民族政策。当天，他就放心地把全家人带了回来，并主动将自家寨楼让了出来供红军居住，当时居住在他家的有张闻天、周恩来、毛泽东、朱德等中共中央政治局的主要成员。他还打开自家粮仓，慷慨地将5000斤粮食、16头耕牛和4头猪送给了红军，并利用自己的威望，动员附近的寨民下山回家，给红军捐粮捐物。红军离开时，十分感谢泽旺的帮助，送给他三件礼物：一副马鞍、一支步枪和两张布币。

红军虽然离开了，但泽旺对与红军相处的岁月却永远难忘，他难以忘怀"红军首长"在他家生活、开会的每个细节；他难以忘怀毛泽东、周恩来、朱德向他借镰刀，亲自下地与藏民及红军战士一起收割青稞的情景；他难以忘怀毛泽东握着他的手说的话："非常感谢你对红军的帮助，解放全中国的劳苦民众后，也会有你一份功劳。"他和他的儿子王扎成为当地的红色守护人，为路过的红军筹粮，向当地群众宣传进步思想，还将"红军首长"住过的这幢房子视为圣殿，把他们送给他的纪念品视为圣物，精心守护。他们的后代也继承了他们的意志，成为当地有名的红色守护人。

目前，守护芦花会址的是第四代守护人彭初。1993年，彭初退伍回家后，毅然继承了先辈的意愿，成为第四代守护人。面对纷至沓来的媒体和游客，他不仅热情接待讲解，而且分文不取。他坚定地说："我不仅是退伍军人，还是党员，我崇敬红军，我要把祖辈交给我的守护责任一直传承下去……"他还表示儿子抚养大后还要继承这份事业，成为第五代红色守护人。

"长征是宣言书，长征是宣传队，长征是播种机。"这支被先进政党领导，有着崇高革命理想、坚定革命意志和严肃革命纪律的部队在一路征途中也播撒下了革命的火种。正是红军展现出来的高贵品格、区别于旧式军阀的崭新形象才让泽旺一家四代人祖辈相承、70多年如一日执着坚守。

第二部分　微党课：芦花会议话团结

芦花会议是红军长征途中，中共中央政治局继两河口会议之后召开的一次重要会议。它召开的主要目的是增强红一方面军和红四方面军的团结和信任，进一步统一两大主力红军的行动。

两河口会议后，党中央和毛泽东同志率领红军向黑水芦花、毛儿盖进发时，张国焘公然违反自己举手通过的两河口会议决定，重新提出退却方针，反对北上，以"统一指挥"和"组织问题未解决"为由向党要兵权、闹分裂，要求改组党中央、军委和红军总部，并故意拖延红四方面军的行动，从多方面向党中央施加压力。

为统一思想，集中主力向毛儿盖、松潘突进，经充分酝酿后，1935年7月18日，中共中央政治局在此召开扩大会议，讨论组织问题。当时参加会议的有朱德、张闻天、张国焘、周恩来、毛泽东、博古、王稼祥、凯丰、邓发等9人。会上，周恩来为团结张国焘及红四方面军北上，以革命大局为重，主动让出红军总政委一职。会议最后决定，张国焘任总政治委员，增补陈昌浩为中革军委常委，博古任红军总政治部主任，周恩来调到中央常委工作。

同一天，中革军委发出通令称，红一、四方面军会合后，一切军队均由中国工农红军总司令、总政委直接统率指挥，中革军委主席朱德兼任总司令，张国焘任总政委。

为进一步厘清是非问题，统一认识，促进团结，7月21日至22日中共中央政治局再次在此召开第二次扩大会议。第二次会议集中讨论红四方面军的工作。会议由博古主持。出席会议的有：张闻天、毛泽东、周恩来、朱德、王稼祥、李富春、张国焘、邓发、徐向前、凯丰、刘伯承、陈昌浩等13人。

会议第一天，即7月21日主要听取了张国焘关于红四方面军发展历史情况的报告。张国焘全面汇报了红四方面军从鄂豫皖根据地到川陕根据地的斗争情况。之后，徐向前、陈昌浩分别就红四方面军的军事工作情况和政治工作情况作补充报告。

同一天，中革军委发出了《关于一、四方面军组织番号及干部任免的决定》，决定组织前敌总指挥部，以徐向前兼任总指挥，陈昌浩兼任政委，叶剑英任参谋长。其间，徐向前建议调中央红军的一些干部到红四方面军担任参谋长，调红四方面军的3个建制团共3700多人充实中央红军，以便两军互相学习，取长补短。中共中央也采纳了徐向前的建议。两大主力红军指战员的交流，对两军的团结和部队建设起到了积极的促进作用，同时也增强了中央红军的战斗力。毛泽东还代表中华苏维埃中央政府授予徐向前一枚五星金质奖章，以表彰他在红四方面军的贡献。这使徐向前和红四方面军的指战员受到很大鼓舞。

7月22日，与会代表对3个报告进行了讨论。邓发、朱德、凯丰、周恩来、张闻天、毛泽东、王稼祥、博古等先后发言。发言中，对红四方面军在巩固和发展、提拔工农干部、壮大红军、扩大红军、遵守纪律、第四次反"围剿"失利后创建通南巴新根据地等方面取得的成绩给予了肯定，但同时也指出退出鄂豫皖和退出通南巴根据地以及退出通南巴后缺乏明确发展方向等方面的错误和战略上的失策。发言的调子并不完全一致。朱德、毛泽东、周恩来、邓发都以肯定为主，善意地提些意见。凯丰则是措辞严厉，大有批判的味道。

会议结束前，张国焘做了补充发言，代替会议的结论。他承认鄂豫皖苏区第四次反"围剿"的失败是因为对蒋介石军队的力量估计不足，打得不够坚决，当时考虑保存红军是主要的，对游击队的作用重视不够。张国焘讲完就散会了。这两天的会议没有形成文字决议。但总的来说，中共中央在指出张国焘领导红四方面军工作中某些错误的同时，肯定了红四方面军英勇奋斗的成绩，肯定了红四方面军对中央路线的贯彻执行，这也表明，中共中央对张国焘仍然是采取积极团结的态度。

芦花会议的召开为毛儿盖会议的召开奠定了基础。它提高了红军广大指战员的思想认识，厘清大是大非问题，克服张国焘的阻挠，对团结红四方面军北上、集中红军主力向松潘、毛儿盖挺进起了积极的作用。

"明镜所以照形，古事所以知今。"今天，我们回顾芦花会议的历史经过，不仅是让我们重温当年的这段往事，更重要的是从芦花会议的历史细节中，把握规律，正如习近平总书记曾指出的，"我们回顾历史，不是为了从成功中寻求慰藉，更不是为了躺在功劳簿上、为回避今天面临的困难和问题寻找借口，而是为了总结历史经验、把握历史规律，增强开拓前进的勇气和力量"。

"凡是过去，皆为序章"，芦花会议给我们提供的最重要的启示就是——存在分歧不可怕，关键时刻明是非、顾大局、善团结才是共产党人的不可或缺的优秀品质。

下面请各位学员分组进入芦花会址参观。

这幢房子就是中共中央政治局的芦花会议会址，是一幢以实土为主的藏式传统居民楼房，已经有100多年的历史。当时红军在此召开两次十分重要的会议，也筹得了许多粮食，当然我们现在也是居住于此。现在我就带大家简单参观了解下：这些镰刀是当时红军用来割麦子的，至今也是完好无损地保存在这里，相当于是一种非常珍贵的文物。

现在我带大家来二楼参观一下：这个是红军当时用来过草地的草帽、草衣及草鞋，这块展板是现在用来介绍二次会议和筹粮时的主要内容，这个箩筐是当时用来装粮的，也是一种十分珍贵的文物。这里就是大厅及厨房，当

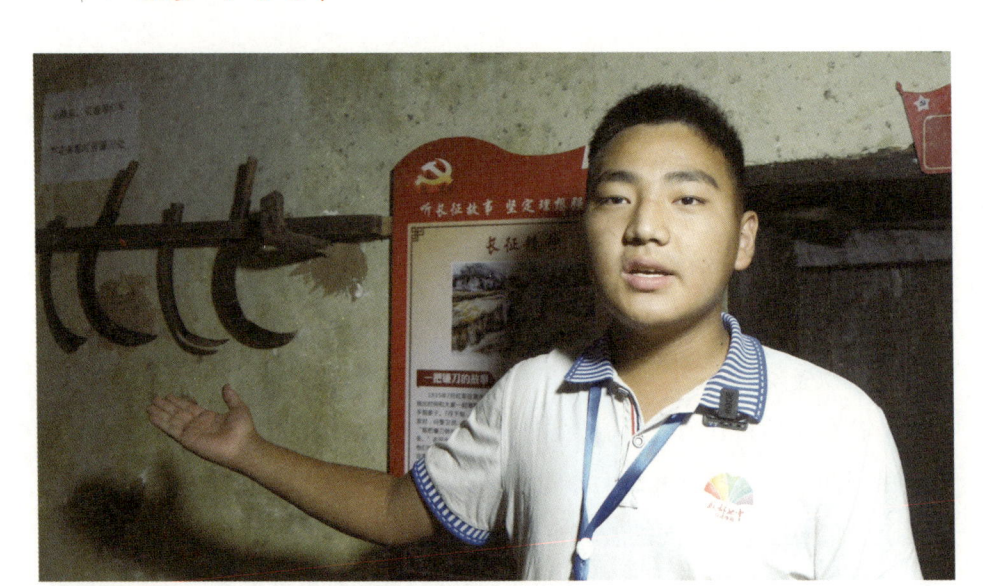

红色基因代代传 ——"百宫千馆万校"少年儿童讲述党史故事

时红军就是在这里和我的祖父泽旺头人进行交流,他们面对的困难以及一些需求的物资,当时我的祖父泽旺头人也就毅然地决定去帮助他们,帮他们去筹粮,号召周围的百姓帮他们筹粮,他们还为黑水县筹得710万斤粮食,起到了十分重要的作用,这间房子就是毛泽东同志住过的房子。

现在我们上三楼参观:

这间房子是朱德同志住过的房子,这里就是会议室,当时红军的两次重要会议也是在此召开的,我带大家来参观一下。在1935年7月18日,红军在此召开了第一次会议,其主要内容就是解决组织问题,当时周恩来同志为了顾全大局,为了团结一、四方面军,就把自己的中央总政委一职让给了张国焘同志,同时也解决了其他一些领导的组织问题。第二次会议在1935年7月21日至22日召开,制定了下一步的作战计划。

这里就是陈列室,我带大家参观一下。这些物品有一部分是红军当时遗留下来和赠送给我祖父的,还有一部分是我的父亲多年来在全国各地收集的文物,它们是相当有价值的。这个是红军用过的铁锅,也是红军当时用来煮饭的铁锅,十分有意义。这个是当时红军用来装粮的布,是十分重要且很有价值的东西。这件马鞍是红军首长也就是毛泽东同志赠送给我祖父的,当时

我的祖父还不知道那个红军首长是毛泽东，所以他现在保存得十分完好，我们也把它非常完好地保存在这里。这个是当时毛泽东同志用过的雨伞，这个是周恩来同志住过的房间。

现在我带大家来四楼参观一下。这个就是当时泽旺头人用过的佛堂，这里就是中共中央政治局芦花会议会址保会管理协会成立的地方，也是党员活动室，同样也是我父亲与全国各地红色文化爱好者交流探讨的地方，这些书籍都是我的父亲从全国各地收集来的。希望通过我的介绍大家对芦花会议会址有一定的了解，我作为第五代红色守护人，同时也会将红军在我们家的故事传承下去，让红军精神继续发扬光大。

我的唯一希望是多作贡献

延安凤凰山革命旧址小小讲解员　刘桐雨

历史穿越了黄尘古道，总有一种精神颠扑不破，总有一种气质历久弥新，也总有一些人不曾老去。中国人民的朋友——诺尔曼·白求恩，就是其中的杰出代表。

1938年3月，加拿大著名的胸外科专家白求恩大夫来到延安。到延安后的第二天晚上，毛泽东就在凤凰山的窑洞里亲切会见了他，并与他进行了长时间的会谈，从世界反法西斯战争的形势，谈到西班牙，谈到中国抗日战争的情况。在讨论建立八路军战地医疗队问题时，白求恩说如果有战地医疗队，前线的重伤员70%可以救治，毛泽东对这一点十分关注，热烈支持建立战地

医疗队的建议,谈话一直从晚上11时进行到次日凌晨2时。会谈中毛泽东还详细分析了中国人民和世界人民反对法西斯的形势,并指出:"中国和世界人民一定会取得最终的胜利。"毛泽东的一席话极大地鼓舞了白求恩。会见一结束,白求恩急忙地赶回自己的窑洞,把谈话详细地记录下来。夜深了,料峭的山岗还透出一丝寒意,大地已经熟睡了,但在中国革命圣地延安杨家岭的一孔小窑洞里,依然传出了打字机轻快的嗒嗒声,办公桌前,白求恩正在聚精会神地记下这天的日记。他这样写道:"我在那间没有陈设的窑洞里和毛泽东同志面对面坐着,倾听着他的从容不迫的谈话时,我想起了长征,我现在才明白为什么毛泽东感动着每一个和他见面的人,这是一个巨人!他是我们世界上最伟大的人物之一。"一个月后,白求恩奔赴晋察冀抗日根据地,在八路军晋察冀军区担任卫生顾问。此时,他以高超的医疗技术、惊人的组织能力和对中国人民解放战争事业的无限热忱,投入救治伤员的战斗中。

哪里有伤员,白求恩就出现在哪里。到达晋察冀后,第一周内白求恩就检查了520个伤病员。在晋察冀的一次战斗中,白求恩连续69个小时为115名伤员动手术。1939年10月24日,白求恩的医疗队来到了湖北省涞源县黄土岭孙家庄村外的小庙里。小庙距离战斗的火线只有4千米,医疗队的手术室就设在这里。大炮和机关枪在平原上咆哮着,敌人的炮弹落在手术室后面,爆炸开来,震得小庙上的瓦片咯咯地响,白求恩大夫却在小庙里紧张地进行着手术。战士让他转移到后方,他说:"离火线远了,伤员到达的时间会延长,死亡率就会增高,战士们在火线上都不怕危险,我们怕什么危险!"25日下午,哨兵突然报告,后山发现大批敌人正向孙家庄袭来,情况十分危急,白求恩立即命令将轻伤员转移,自己仍坚持为10多个重伤员做手术。白求恩身着粗布衣衫,脚穿草鞋,当他弯着腰,聚精会神地为一个战士做缝合手术时,随行的延安电影团摄影师吴印咸举起相机,将白求恩一丝不苟、沉着镇定的精神定格在了一瞬间。也就是在这次手术过程中,白求恩同志因左手中指被刀片划破,后来转成脓毒败血症,于1939年11月12日凌晨5时20分在河北省唐县黄石口村永远闭上了他那双睿智的、疲惫的眼睛,为中国人民的抗日战争献出了自己宝贵的生命。白求恩,一位伟大的国际主义战士,一个异国人,为了一个共同的革命目标,临危受命不远万里来到这个与他毫无

关系的国度，奉献了他的一切，没有丝毫保留，真正地忘我，甚至不惜以生命为代价，虽未请缨提旅，已是鞠躬尽瘁。毛泽东听到白求恩同志牺牲的消息后，感到非常悲痛，在延安各界举行的追悼会上，他亲笔题写了挽词，并于12月21日写下了著名的《纪念白求恩》一文。文章中高度赞扬了白求恩同志毫不利己专门利人的国际主义精神，号召每一个共产党员都要学习他毫无自私自利之心的精神，做一个高尚的人，一个纯粹的人，一个有道德的人，一个脱离了低级趣味的人，一个有益于人民的人！

岁月变迁，力拔山河之精魂；春秋交替，点到日月之乾坤。永恒不变的是他们高尚的情操和无私奉献的精神。今天，在经济高速发展、物欲横流的年代，我们更加需要毫不利己、专门利人的精神，更加需要真诚自愿、纯洁高尚的精神境界。"春蚕到死丝方尽，蜡炬成灰泪始干。"无论时代发生怎样的变化，奉献精神永远光耀人间，永远是激励和鼓舞人们奋发向上的巨大力量！

朱德扁担的故事

井冈山实验学校一年级一班　　肖千云　　李星璇

肖千云（以下简称"肖"）：大家好！我是井冈山实验学校一年级一班的肖千云。

李星璇（以下简称"李"）：大家好！我叫李星璇。

合：我们是井冈山上的红孩儿。

李：从小我们是听着红色故事唱着红色歌谣长大的。

肖：耳濡目染当中我们已经会讲很多红色故事啦，那么今天我们就为大家讲述《朱德扁担的故事》。

李：井冈山斗争时期，敌人想把红军困死、饿死在井冈山上，严密控制

食粮、食盐等日用品进入根据地内。

肖：在毛爷爷和朱德爷爷的带领下，山上军民开展了轰轰烈烈的挑粮运动。

李：当时，朱德爷爷已经40多岁了，他白天挑粮上山，夜里还要批阅文件。战士们生怕他累坏了，都劝他不要挑粮了，可他还是坚持和大家一道挑粮。

肖：一位小战士想了个办法。

李：想了一个什么办法呢？

肖：他把朱军长的扁担偷偷地藏了起来。可谁知，第二天朱德爷爷又拿了一根新削好的扁担出现在挑粮的队伍中，傍晚时，小战士趁朱军长稍不留意又将扁担藏了起来。

李：找不着扁担的朱德爷爷只好从山上砍来一根毛竹，又削了一根新扁担，还在上面写上"朱德的扁担"，战士们见朱德态度这样坚决，再也不好意思藏他的扁担了。

肖：从此朱德扁担的故事就传开了，老百姓为了纪念朱德爷爷这种身先

士卒、艰苦奋斗的精神，还为他编写了一首赞歌。

合："朱德挑谷上坳，粮食绝对可靠，大家齐心协力，粉碎敌人'会剿'。"

李：同学们，2021年是建党100周年。作为新时代的接班人，我们要学习朱德爷爷这种不怕辛苦，不怕艰难，模范带头的精神。

肖：好好学习，天天向上。

合：让红色基因代代相传。

井冈山第一位女红军贺子珍

井冈山映山红红军小学六年级二班　朱晨希

说起井冈山斗争，就会提起井冈山第一位女红军贺子珍，今天我就和大家说说她的故事。

贺子珍是江西省永新县黄竹岭人，生于1909年。她在永新县城福音堂的女校读书时，得知了俄国十月革命胜利的消息，因受到了马克思主义思想的影响，在1926年4月永新一批在外求学的热血青年回城建党建团时，贺子珍成了第一批社会主义青年团团员。同年9月，北伐军打进了永新，成立了以共产党、国民党左派引导的民主政权，还建立了国民党永新县党部。贺子珍

奉党的指示以共产党员和国民党员的双重身份参加了县党部的领导工作,被任命为县党部妇女部长和共青团县委副书记,成为永新县有史以来第一位妇女部长。不久贺子珍又到吉安担任国民党县党部妇女部长和中共吉安县委妇委书记,不久转为中国共产党党员。1927年6月,永新县的国民党右派勾结地主武装,突然袭击永新,抓捕了贺子珍的哥哥贺敏学等80多名共产党员和革命群众。在吉安的贺子珍得知消息后,立即和其他同志商量对策,很快起草了一份革命宣言,并派人赴省政府请愿,揭露国民党右派反对革命的罪行。另外又联络了平岗、安壶、莲花坪几个县的工农武装,联合攻打永新县城,救出被俘的同志。7月26日,平岗、永新、安壶三县自卫军攻克了永新城,救出了贺敏学等80多人。这时贺子珍也从吉安回到了永新,又闻江西、湖南两省六

个团的敌人向永新扑来，贺敏学与井冈山绿林袁文才是同窗好友，为了保存革命力量，贺子珍和永新县委同志一起随着袁文才、王佐的队伍上了井冈山，成为井冈山上第一个女兵，同年10月毛泽东领导的秋收起义军上了井冈山。贺子珍成为这支队伍中的一名女战士。

她性格刚毅泼辣，正如何长工说的：她作战勇敢，机智灵活，骑马打枪都很在行，是一个实实在在的带过兵、打过硬仗的巾帼英雄。在革命的道路上一直不缺乏奋勇之辈，革命的成功可以说是由一个又一个血肉之躯的倒下而建立的。贺子珍的一生可谓是充满传奇的，是一位生于党死于党的革命女性，在新中国的成立上获得了不可磨灭的功勋，是20世纪最美的女性，是新中国历史上不可或缺的一位先驱者，是我们值得用一生去尊重的革命前辈。

不忘国耻　奋起救国

天津时代记忆馆小小讲解员　胡洺瑄

"二十一条"是日本帝国主义妄图灭亡中国的秘密条款。他们趁着第一次世界大战期间，派驻华公使日置益在1915年1月18日觐见了"中华民国"的大总统袁世凯，企图迫使政府将中国的领土、政治、军事及财政等都置于日本控制之下，当时的这些条款被称为中日"二十一条"。

1915年5月7日，袁世凯冒天下之大不韪，悍然接受了日本帝国主义提出的丧权辱国"二十一条"。日本的侵略伎俩与袁世凯的卖国行径，当即激起了中国人民的无比愤怒，各地群众纷纷集会抗议，并定5月7日为"国耻纪

念日"。这个消息也很快传到了毛泽东当时就读的湖南省立第一师范学院，随即师生们便开展了轰轰烈烈的口诛笔伐运动，校园里贴满了声讨袁世凯、讨伐日本侵略者的文章。毛泽东的国文教师石润山先生非常愤慨，写了一篇揭露袁世凯与日本勾结、出卖祖国罪行的文章。当时的青年毛泽东读后深受教育，他便建议石润山老师也收集其他教师文章并把这些文章装订成册，也就是我们现在看到的《明耻篇》。毛泽东当时读后愤而在该书封面上挥笔疾书十六个字，"五月七日，民国奇耻，何以报仇，在我学子"。这四句话表达出了毛泽东对袁世凯卖国行径的极大愤慨，同时也体现出毛泽东作为时代学子的强烈爱国之心以及他不怕牺牲的报国情怀。毛泽东认为要救国，青年人要担负起责任，立大志向，探讨事关世界、国家和民族前途的大事。毛泽东把《明耻篇》广为寄赠、荐阅，并到处去演讲、撰文、发表言论。由于毛泽东在这场斗争中的激烈言行和出色才干，把爱国师生团结了起来，在一师中形成了反帝爱国的热烈气氛，影响波及长沙各校。《明耻篇》的推广，也不断激励着一代又一代学子们践行不忘国耻、奋起救国的时代使命。

一盏马灯

赣粤边三年游击战争纪念馆小小讲解员　周语萱

在百石村中央红军长征第一仗陈列室里，存放着一盏珍贵的马灯。

在艰苦的年代里，马灯是非常独特的照明用品。当年，一盏盏马灯，出现在井冈山的八角楼里，再后来，在遵义会议的桌上和延安的窑洞里，成为照亮漫漫长夜和指引前进道路的不灭明灯。

这盏马灯还有一段深刻的记忆。

红军在百石圩战斗打响时，村里的刘声亮那时才7岁，刘声亮的家空置了出来，做了红军第三军团临时前线指挥部。聪明好学的刘声亮，喜欢看书写字，由于家里贫穷，点不起灯和蜡烛，平时自己就上山割松油点灯看书，这时家里成了临时指挥部，几盏马灯把房子里照得通亮。刘声亮从没见过这么漂亮的油灯，又亮又无油烟，他勤恳好学，在一旁给红军首长搬凳扫地，闲了就依在灯下看书写字。以往平时点松油看书的刘声亮被松油灯熏成了"黑小鬼"，红军看到"黑小鬼"小小年纪勤奋好学，对他格外喜欢，教他看书写字，还给他讲许多革命的大道理。

当年7岁的刘声亮，见证了这

场战斗，那时国民党军陈济棠部驻守在百石村，在百石圩旁的山上修筑了碉堡防线，碉堡四周布满了炒熟的竹签，还拉了铁丝网，挖了壕沟。蒋介石企图在这里困住红军，红军战士毫不畏惧，不怕牺牲，那一仗打得异常激烈，消灭了国民党军好几百人，活捉了国民党铲共团中队长何德泮，缴获几百条枪和上万斤粮食给养。红军面对国民党反动派也付出了巨大的牺牲，洪超师长在亲自指挥红十一团的战斗中，不幸被流弹击中，英勇牺牲在这场战斗中，年仅25岁。

战斗中，百石村里的农民自发地积极地为红军当向导、抬担架、救伤员、运物资。遇有战斗任务，游击队和群众主动与红军配合，封锁消息，后来还踊跃参加红军，奔赴前线英勇杀敌，妇女儿童几百人，通宵赶制了几百双布鞋送到红军战士的手里。

战斗结束后接下来的两天时间里，来的红军越来越多，村里到处住满了红军，刘声亮家两层楼的土砖房都住满了红军，红军与老百姓有如鱼水之情。红军走时送给刘声亮家里一个老竹箱，里面有红缨枪头、灯盏、煤油罐、扁担铁钩等。还有一些无法放进箱子的油纸伞、蓑衣、行军用的火把、铁吊篓，

留下了多张中华苏维埃共和国国家银行发行的钞票（已遗失），后来刘声亮全部捐赠给村里，在中央红军长征第一仗陈列室展出。

得胜的红军又要踏上新的征途，临走时，红军首长叫来刘声亮，特地送给他这盏精致的马灯，抚摸着他的小脑袋，叮嘱道："用马灯好好读书，学好知识用来拯救中国的劳苦大众，为解放全人类做贡献。"

据刘声亮的儿子刘史俊讲，他父亲生前曾经说过，这盏马灯很多人想要买，但父亲说出多少钱都不能卖，因为这是一件宝贝，一种见证。后来，刘声亮听说村里要建设中央红军长征第一仗陈列室，他二话没说，无偿捐赠给村里的陈列室，并告诉子女要饮水思源，红军送的马灯让它在陈列室，能得到更多人的瞻仰，也能更好、更广地弘扬伟大的长征精神。

信 念 树

江西省瑞金市怡安希望小学六（3）班　钟诗莹

在瑞金市叶坪乡华屋的后山上，一棵棵苍翠挺拔的松树连成一片，其中17棵树上还挂着写有名字的小木牌，人们称其为烈士"信念树"。这里有个壮美的故事。

20世纪30年代初，当时仅有43户的华屋就有17名青壮年参加了红军。1930年，应征入伍的华质彬、华钦梁、华钦材欣喜不已。他们三人相约来到后山的蛤蟆岭，一想到就要远离这片生养的土地，一想到这一去不知道什么时候才能回来，大家沉默了。过了好一会儿，华质彬打破沉寂说："钦梁、钦材，你们都才20多岁，当兵打仗，是生是死，谁都说不准。咱们这一去，什

么也没留下！要不咱们在这里种点松，添点绿？"乡亲们同意了，他们三个人扛来锄头挖好树坑，仔细地把树苗种好，华质彬走上前浇了浇水填了填土说："松树，四季常绿，象征万古长青。松树的节气就是我们华屋人的骨气！我们绝不做叛徒，绝不当逃兵！"他们三人还约定好等革命胜利后，都要回到自己的家乡，如果有人牺牲了，活着的人就要为阵亡的兄弟孝亲敬老，还要照看

好蛤蟆岭上的这些树。

年仅 13 岁的华崇宜也报了名。崇宜娘看着从没出过远门的儿子，想着才 13 岁就要扛起枪、拿起刀跟白狗子拼命，两个老人泪水涟涟，上前拉住儿子的手，怜惜地说："娃啊，第一次出远门，你可一定要照顾好自己，别让爹娘挂念。"想到这一去也许永远都回不来的时候，崇宜娘的眼泪扑簌簌地往下落，哽咽着叮嘱："娃啊，你可一定，一定要当心啊！娘十月怀胎好不容易把你生下来拉扯大……现在你却要出远门离开娘了……你可得，可千万得……"这时崇宜娘再也忍不住了，泣不成声。小崇宜看着满含泪水的娘，使劲地擦完脸上不舍的泪，深深地深深地鞠了一躬，扑通一声跪倒在地。

出征的队伍开始出发了。崇宜娘跟了一程又一程，看着越来越远的背影，想到生死无常的战场，崇宜娘大声地喊道："崇宜，崇宜呀，爹娘等你回来，爹娘等你回来……"可是这声声的呼唤并没有留住他们，两年后便传来了小崇宜牺牲的噩耗，年仅 15 岁。但这 17 棵青松一直枝繁叶茂，苍翠挺拔。他们屹立在蛤蟆岭上俯瞰家园，守护亲人。从此，便成为我们心中的信念树。

谢大娘家的"天窗"

江西省瑞金市解放小学三年级六班　谢承浩

在叶坪毛主席旧居，当年毛主席住在楼上，楼下还住着当地的孤寡老人。一天晌午，毛主席刚从外面回来，就看见谢大娘正坐在房门口打鞋底，便上前亲切地问候说："大娘，天这么冷啦，您怎么还在门口做针线活呀？"谢大娘连忙站了起来，如实地回答说："屋里太暗，不方便，门口亮堂些！"主席随即走进房间察看，狭窄的房间虽说后墙上有一个小窗子，但外面的大樟树正巧遮住了光线，房内确实很阴暗，几乎伸手不见五指，如不点灯的话，即使大白天也很不方便。此时主席不禁暗暗地自责起来，怪自己没有照顾好大娘！毛主席带着沉重的心情离开房间，马上又找来了管理处的同志，商量着

为谢大娘解决采光的问题……

　　第二天一大早，管理处的同志按照毛主席的指示，买来了玻璃瓦，请来了泥木工，将大娘房间一侧的楼板锯了个偌大的口子，开成一扇"平躺着"的"天窗"，然后把天窗上方的屋面换上玻璃瓦，钉好了采斗。不出一个上午，原本阴暗潮湿的房间豁然明亮了起来，温暖的阳光从玻璃瓦透过天窗照进了房间，也照进了谢大娘的心里。

　　毛泽东帮助谢大娘开天窗的事，像风一样立刻传遍了瑞金。当地的老表还把它编成了民歌，唱道："哎呀嘞——有一个故事你听偃讲，毛主席跟偃开天窗，开出个天窗明又亮，（介子个）共产党，就是那天上的红太阳……"

75 双草鞋

瑞金中央革命根据地纪念馆小小讲解员　邓雅文

在 2008 年 9 月 12 日，有一位 103 岁的老人在瑞金叶坪光荣敬老院溘然长逝。在老人的床前屋角，赫然摆放着一双双或旧或新的草鞋。细心的人们数了数，一共 75 双。

这位老人就是被网民称为"共和国第一军嫂"的瑞金老人陈发姑。

75 年前，她用自己亲手编织的草鞋送丈夫参加红军。75 年来，她用 75 双草鞋盼着丈夫的归来。

陈发姑清楚地记得，1931 年刚给丈夫朱吉熏过完 28 岁的生日，又迎来了中华苏维埃共和国临时中央政府的成立。有一天，区政府派干部到村里召开群众大会，动员大家参加红军。当贫苦村民听到参加红军是为了打土豪，分田地，一个个摩拳擦掌，跃跃欲试。在人群中，陈发姑发现，丈夫也在和邻居激动地商量着什么。

果然，一回到家，朱吉熏立即把年迈的老母亲扶到了屋里，一脸正色地对母亲说："妈，我要去参军，为穷苦百姓打天下。"听了儿

子的话，一向病弱的母亲，一下子瘫坐到椅子上。大伯听说侄子要去当兵，立即跑来对朱吉薰说："糊涂！你知道参军是干什么吗？是去打仗，打仗是要死人的，你是独子，你走以后，母亲、老婆怎么办？"

朱吉薰搓着手，迈着沉重的脚步走进了内屋，陈发姑跟了进去。看到丈夫坐在床边不停地叹气，她拉着丈夫的手，含着眼泪说："我们都是穷苦人家，参加革命是好事。你去吧，家里还有我，我会照顾好母亲的。"

听了妻子的话，朱吉薰打消了顾虑，第二天就到区政府报名应征，成为当时全区第一批参加红军的青壮年。

丈夫临走前的那个晚上，陈发姑默默地替他收拾行李，把亲手编织的草鞋放到行囊中。天很快就亮了，朱吉薰带着妻子编织的草鞋、带着妻子"我会等你回来"的承诺，放心地离开了家，踏上了革命的征程。

红军离开后，国民党反动派卷土重来。陈发姑不幸被捕，敌人对她严刑拷打，逼她声明脱离红军队伍，与丈夫离婚。陈发姑几次昏死过去，但她没有屈服。她坚信，革命一定会胜利，丈夫总有一天会回来。

一年、两年、三年……十年过去了，丈夫还是没有一丁点儿消息，村里也开始传出老朱家儿子已经战死在了沙场上。

一天，一个媒人找到了她。环视了四周之后，媒人指着屋内说："发姑，你看你，一个人守这活寡，熬煎人啊。你又没有儿女拖累，要不，咱再找户好人家？"看发姑一直手不停地打草鞋，对她连个招呼都没打，媒人觉得自讨没趣，从此再也不提做媒的事了。

终于，1949年全国解放了。这天，一阵锣鼓声传到陈发姑的耳朵里。原来，村里正在欢迎胜利回家的红军。陈发姑心里一阵活蹦乱跳，她急忙跑去，用力扒开拥挤的人群，仔细搜寻着丈夫的身影，眼见一个个红军被家人欢天喜地地迎回了……偌大的草坪上，只剩下陈发姑孤零零一个人。

晚年的陈发姑住进了叶坪光荣敬老院。虽然双目已近失明，但她仍然坚持着每年编一双草鞋。一听到"上面来人了"，她就会拄着拐杖，颤巍巍地向来人打听："是不是我家吉熏有什么消息，我给他编了好多草鞋，他什么时候回来啊？"

日子一天天地过去，老人的身体每况愈下，但她仍坚定地等待着丈夫，她还常常哼唱那首临别时唱给丈夫的歌谣："哥哥出门哎，当红军，笠婆挂在背中心，流血流汗打胜仗，打掉土豪有田分……"

就这样，陈发姑盼啊！盼啊！盼了整整75年，然而，她没能盼来与丈夫的团聚。陈发姑与75双草鞋相伴，带着遗憾，离开了人间。

危房下的硝盐

瑞金中央革命根据地纪念馆小小讲解员　罗晶

　　1934年的一天，周恩来和警卫员小刘骑着马，准备去红军大学上课，一路上，周恩来脸色凝重，小刘忍不住问："周副主席，您怎么了？"

　　"哦，没事。"周恩来回过神来说："我们很多战士在战场上都没有牺牲，却是死在这缺盐的困境中，形势很严峻啊——"正说着，周恩来身体左右摇晃，摔倒在地。

　　"周副主席！周副主席！？"警卫员小刘一看周恩来栽倒在地，吓了一跳，慌忙将周恩来扶起，好一阵工夫后，周恩来终于醒了过来。满头大汗的小刘舒了口气："周副主席，您终于醒了！您怎么了？有没有摔伤？"

周恩来听到小刘这一连串问题,苍白的脸庞宽慰地笑了笑说,"没事儿,老毛病了。现在几点?该是上课时间了吧!"

"7点……我们……我们不去学校了,我送您去医院!"

"不了,按原计划——去上课!"周恩来挣扎着起来,脸上露出决然之色。"咳!"小刘知道拗不过他,只好搀扶着周恩来上马。

小刘知道周副主席是由于体内长期缺盐,加上工作繁重,身体才瘦弱成现在这样。很快,周恩来在上学路上摔倒的消息在苏区传开了,苏区群众对周副主席非常爱戴,对他的健康十分担心。

住在隔壁的张大娘对这事留了个心眼儿,每天看着周恩来房里的灯火通宵达旦地亮着,大娘看在眼里,疼在心里,她知道副主席如果不能补充盐分,身体总有一天会被拖垮。想到这里,大娘更加坐不住了,决定要为副主席亲自寻找硝盐。

连续找了好几天都没有硝盐的影子,这已经是第五天的中午了,天气炎热异常,大娘光着脚走在滚烫的石子路上,脚上已被烫出了泡。前面是个破房子,已很久没有人居住,大娘实在太累了,这几天起早贪黑,很少睡过,就坐在屋檐下休息会儿,坐着坐着,大娘打起了盹,迷迷糊糊的,大娘突然

梦见自己手上有好多好多的盐，放到嘴里一尝，咸的！张大娘一个激灵，清醒了过来，才发现原来是个梦，非常失落，可想了想，不对！手的确是咸的！于是顺着屋子找去，竟然在屋子的角落里真的找到了一片白乎乎的硝盐。大娘喜出望外，赶紧用衣服轻轻地把盐拣起，可是，因为大娘看到硝盐太兴奋，竟忘记了这是一座危房！当大娘不小心撞到墙体时，墙就瞬间塌了下来，大娘顿时昏了过去……

附近的村民听到声响后，发现了张大娘，赶紧叫人把张大娘送往卫生所。当医生给老大娘检查时，发现大娘昏迷着，手却一直握得紧紧的，并不停地重复着同样的话："盐，盐……周主席……我找到盐了……"手却怎么也掰不开。

这事传到了周恩来的耳里，周恩来赶紧放下手中的工作，匆匆地来到卫生所。大娘还昏迷不醒，周恩来不顾警卫员的劝阻，硬是在大娘的病床边守了整整一夜。终于，大娘睁开了双眼，一眼便看见了周恩来憔悴的面容，心疼极了，虚弱地说道："副主席，您怎么在这儿？盐，我找到盐了……给您……"大娘张开了双手，里面的盐早已融化了，听到这里，周恩来的眼睛瞬间湿润了，他紧紧地握住了大娘爬满老茧的双手，哽咽道："大娘……您要养好身子……恩来受不起啊……"

出了病房，周恩来吩咐医生一定要把张大娘医治好，并让小刘通知有关部门把大娘发现的盐分发给群众，并告诉群众，万事要一定注意安全，千万不能再到危险的地方去寻找硝盐了。

在医院的悉心照顾和周恩来的关怀下，张大娘很快便恢复了健康。此后，她一直为寻找硝盐努力着、奉献着。

八子参军

瑞金中央革命根据地纪念馆小小讲解员　杨子琳

　　1934年深秋，在中华苏维埃共和国中央政府所在地——瑞金，有位老人奄奄一息，弥留之际，他两眼紧盯窗外，似乎在等待着什么。守候在他身边的只有一个刚刚懂事的孙子。一分钟、两分钟、一小时、两小时……时间在流逝着，老人的生命迹象也在一点一点地消失。突然，老人用力地张了张嘴巴，小孙子连忙把耳朵贴近老人的嘴边，听后，点了点头，转身进屋，拿出了一个红色小本子，说："爷爷我拿来了，你听着一生保、二生保、三生保……八兄弟在前线英勇作战，红军司令部特嘉奖一次……"老人听完，长舒了一口气，安详地闭上了眼睛。

这位老人就是家住瑞金下肖区七堡乡的农民杨荣显，他生有八个儿子，可在临终前却没有一个儿子守在身边，这是怎么回事呢？故事还得从头说起……

杨荣显一家世代遭受地主剥削，生活过得十分艰难。后来共产党来了，红军来了，给他们家分了田分了地，几个儿子也娶上了媳妇，日子一天比一天过得好。

中华苏维埃共和国临时中央政府在叶坪成立的第二天，杨荣显高高兴兴地带着两个大儿子来到参军报名处，严肃地对两个儿子说："儿啊，跟着红军好好干，你们的孩子我会照看着。"不幸的是，不到三个月，两个儿子便战死沙场。噩耗传来，年过七旬的杨荣显老人一句话也没说，他转身进了屋。隔窗看到儿媳怀中还在嗷嗷待哺的孙儿，老人心如刀割。

这一天，吃过晚饭后，杨荣显把六个儿子叫到老大老二的灵位前。老人拿起老大老二的灵位细细地擦拭，几次想要说什么，却欲言又止。

"爸，我要去当兵，为哥报仇。"老三终于打破了沉默，老人看着老三，刚要说什么，就听见老四、老五、老六、老七、老八几乎异口同声地说："我也要去当兵！"老人看着这六个儿子，一脸正色地说："当红军不是去享福，

何况老三你刚结婚,要万一……我怎么向你媳妇、向你们娘交代?"老三听了立即坚定地回答道:"爸,没有红军我们哪来的田,哪来的地,哪来今天的好日子,媳妇也支持我去当兵!"老人听完难舍而又坚定地点了点头。

老人带着六个儿子来到区政府报名处应征,由于老七、老八年纪太小,没有被批准参加红军。可后来老七、老八还是瞒着二老进城,夸大年龄报名参了军。

经过苏区军民艰苦作战,粉碎了敌人一次又一次"围剿",可杨家的老三、老四、老五、老六都随两个哥哥牺牲在了战场上。

不久消息传来,老七老八也牺牲在广昌战役的战场上。听到老七、老八牺牲的消息,杨荣显老人再也忍不住悲伤,不由得老泪纵横,捧着儿子的遗物,跟跟跄跄,朝着村头儿子当年参军离家的方向走去,口中喃喃自语:"儿呀,原谅你们的爹吧!爹也没有想到你们一个个都回不来了呀!老三,你本该回来的,你走的那一天是你新婚的头一天,你的新媳妇天天在村口等啊盼啊,可你怎么就是不回来呀!满崽呀!我的老满崽呀!你的命、你的命可是老天爷给的呀!你的娘天天在家里等着你回来尽孝呀!满崽!"杨荣显哭着喊着就晕了过去。

杨荣显一家八子参军前仆后继，壮烈牺牲，是红都瑞金人民倾尽所有，支援革命战争的一个缩影。

让我们记住杨荣显一家八子参军的英雄壮举，记住"共和国的摇篮"红都瑞金。

两双布鞋

狼牙山五勇士陈列馆小小讲解员　杨瞻宁

那是1943年冬天,进入腊月天气更是寒冷。这天,家住狼牙山山脚下的李老汉和他的大儿子背回来两名伤病员,当把他们放在炕上,给他们脱鞋时,发现这鞋子与其说是穿在脚上不如说是挂在脚上,露出的五个脚趾冻得肿胀,出了脓疮,还有血口子。李老汉老两口看到后,赶紧解开自己的大破棉袄,把两双脚捂在了怀里。

到了晚上,老两口睡不着了,李老汉吧嗒吧嗒不停地嘬着旱烟,小脚的李大娘在屋里来回踱步,"哎!孩子他娘,和你说个事",李老汉说,大娘停

住脚步走上前,"嗯,你说!""咱家里不是还有一块布吗?就是小儿子月底娶媳妇要用的那个,你和大儿媳妇看着给那俩孩子做两双鞋","好啊,我也这样想呢,那我就去叫她,赶紧着做",大娘拍着腿高兴地说。她们娘俩把平时舍不得用的小油灯拿出来,低着头,借着微弱的灯光,裁布料、打糨糊,粘鞋面,纳鞋底儿,一宿没合眼,终于天蒙蒙亮的时候两双布鞋做好了,大娘悄悄地把两双鞋放在了战士们的枕头旁边。

经过半个月的悉心照顾,两名战士很快就伤愈了。他们想趁着天不亮就悄悄地走,把这两双鞋留下。可是当他们推门出来的时候,却看到两个冻得瑟瑟发抖的身影,在院子里来回走。原来,大爷和大娘就怕他俩不穿那双鞋悄悄地走,他们已经守了两个晚上。大娘看着俩孩子脚上没穿新鞋,赶紧跑进屋,拿出那两双布鞋,老两口硬生生地往他们脚上穿。两名战士流着眼泪推托,因为他们通过这段时间的相处,更清楚大爷家的状况,全家十几口人,没有一个人的鞋不是露脚指头的,都有冻疮。尤其是三个孩子,在这寒冷的冬天,只有一条破旧的薄棉裤,谁出去,谁就穿,不出去的就穿着单衣盖个薄被片子依偎在炕上。

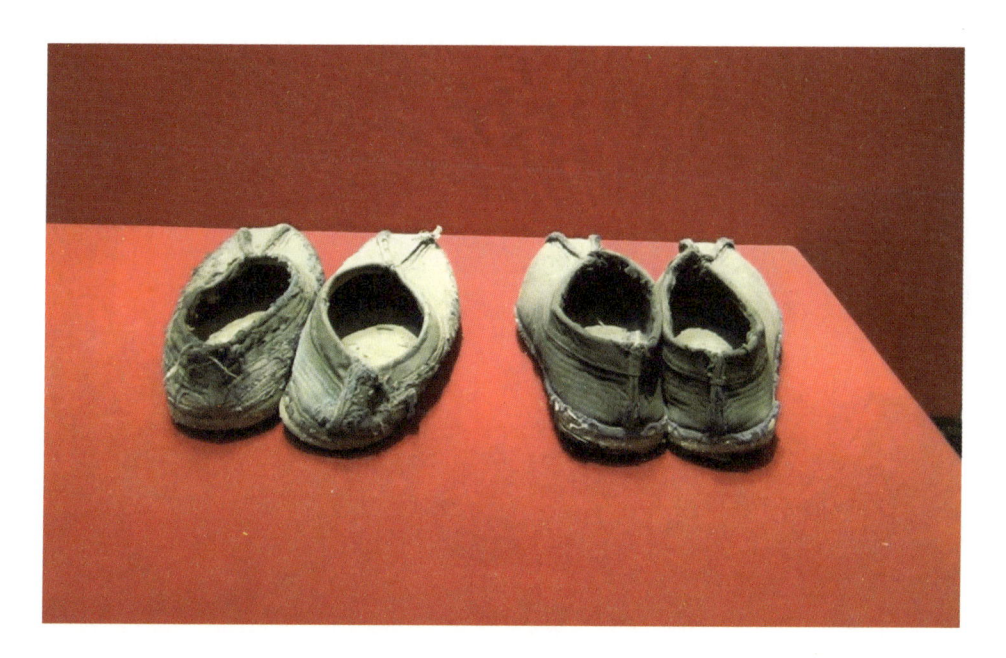

李老汉大声地说："孩子！听话！我们穿上了也是个脚暖和，你们就不一样了，穿着它上战场多打鬼子，战争就会早点结束，到时候咱们所有的人都会有新鞋穿！"两名战士推托不掉，流着眼泪拜别老两口。

回到部队，二人奔赴前线，在上战场之前，他们告诉战友：如果牺牲了，一定要替他们把鞋子还给李大爷家，这是用全家仅有的一块布做成的。随着战斗越来越残酷，敌人的搜山行动越来越密集，那场战斗打得异常激烈，他们冲锋在前，勇敢杀敌，暗下决心："一定要多打鬼子早点儿结束战争，让千千万万个大爷大娘这样的家庭吃饱穿暖！"

然而炮火是无情的，两位年轻的战士先后壮烈牺牲。两双鞋子也辗转到李老汉手中，他颤抖地抚摸着这两双沾染着血迹的布鞋，老泪纵流，他紧紧地将鞋子抱在怀里，仿佛就是抱着那两名年轻的战士。许久后，他转过身，对家人说："咱们就是冻死也不能穿这两双鞋，这上面有他们的气息和血呀！为了咱们能过上太平的日子，他们连命都不要了啊！"即使在最难最苦的时候，一家人也没有动过这双鞋，大爷一直珍藏着。

现在我们看到的就是这两双布鞋，被狼牙山五勇士陈列馆收藏。

两双布鞋

《共产党宣言》精神的忠实传人——陈望道

天津时代记忆馆小小讲解员　王文宇

《共产党宣言》的中文译本，为马克思主义在中国的传播发挥了重要作用。今天就让我为您讲述《共产党宣言》翻译期间的一个小故事。

《共产党宣言》的翻译者名叫陈望道，是中共早期活动家、新文化运动先驱者、著名语言学家、教育家。在1920年早春的一天，浙江义乌分水塘村一间久未修葺的柴屋内，青年陈望道正在专注地翻译英文版的《共产党宣言》，除了短暂的睡眠时间，他"吝啬"到不肯在其他事情上多浪费一分一秒，就连一日三餐和茶水都是由母亲送入柴房的。眼见儿子食不甘味、寝不安席，

人都瘦了一圈，母亲张氏心疼不已。一天，她特地包了几个糯米粽子，外加上一碟温补祛寒的红糖，送去给儿子吃。"粽子是刚出锅的，蘸蘸红糖，赶快趁热吃。"陈母搁下粽子，反复叮嘱道。陈望道"嗯"了一声，却还在低头写字。为了不打扰儿子，母亲便转身离开了。不过，作为母亲依旧是放心不下，她在屋外站了一会儿，关切地问儿子，是否还要添些红糖。"够了，够甜的了"，陈望道的答复很利落。而等到陈母进屋收拾碗碟时，却发现儿子嘴唇周围乌黑一片，先是大吃一惊，再看看紧挨着那碟红糖的一方砚台，她明白了一切，不由得"扑哧"笑出声来。原来，陈望道太过专心，竟错把墨汁当红糖蘸。见母亲发笑，陈望道还有点"丈二和尚摸不着头脑"，母亲说出原因后，陈望道抹着嘴巴，也笑了起来。习近平总书记曾多次在不同场合讲起这则故事，并意味深长地说："真理的味道非常甜。"墨汁为什么都可以这样甜？这种信仰的味道，也只有真正的共产党人才能品味得到。

1920年8月，《共产党宣言》中文首译本面世。就在它印行300多天后，1921年7月23日，中国共产党第一次全国代表大会在上海召开。中国革命的面貌从此焕然一新。